ささやきとともに、目尻に唇が触れる。
その瞬間、身体中が何か別の物質で満たされて、張り裂けてしまいそうな気がした。

闇《やみ》の王《おう》と彼方《かなた》の恋《こい》

六青《ろくせい》みつみ

ILLUSTRATION
ホームラン・拳《けん》

CONTENTS

闇の王と彼方の恋

闇の王と彼方の恋

i

ビニール傘を伝う雨粒越し、ぼやけた視界の中にそれを見つけたとき、羽室悠《はむろはるか》は最初ゴミ袋だと思った。それも二十年以上も前に都の条例で禁止になったはずの黒いやつ。

中身が一杯につまった大袋が三つか四つ、積み重なっているように見えた。

「…不法投棄？」

にしては大胆すぎる。

悠が通学路として使っている古城趾《こじょうし》公園は、大使館や瀟洒《しょうしゃ》な邸宅が建ち並ぶ高級住宅地に相応《ふさわ》しい、しっとり落ち着いた美しい景観を保つため、毎日のように清掃員が見まわりをしている。日中は公園を利用する人の数も多い。あんなにあからさまに、しかも怪しいものを放置したら絶対誰かの目に留まるはず。

悠はわずかに傘を傾げて、雨にけぶる公園の中を見た。

「――…」

電車を下りたとたん降り始めた雨は夏の夕立に近い激しさで、ぐっしょり濡れたズボンの裾《すそ》が重い。欅《けやき》並木に挟まれた石畳《いしだたみ》をまっすぐ突っ切れば家まで五分。迂回《うかい》すれば十五分はよけいにかかる。いつもならまだ充分明るい時間にもかかわらず、厚く垂れこめた雨雲と靄《もや》のせいで日暮れが早い。

逢魔《おうま》が刻《とき》。

ふいにそんな言葉が思い浮かぶ。

九月の雨に震えるような冷たさはない。それなのに背筋を這い昇る寒気に、悠は小さく身震いした。

用心して迂回した方がいいだろうか。逢魔が刻という言葉は、昔ならいざ知らず、悠が生まれる四年前――今から二十年前から現実味を帯びた警句として人々の間に根づいている。

悠は公園の入り口から踵《きびす》を返しかけて、もう一度ちらりと黒い塊《かたまり》を見つめた。

――なんだか…すごく気になる。

『外来種』が活動し始めるのは陽が完全に暮れてから。雨で暗いとはいえまだ五時半。

だから、たぶん大丈夫。

そう自分に言い聞かせ、悠は教科書と参考書を律儀《りちぎ》につめ込んだ学校指定の鞄《かばん》を、左手から肩にかけ直して傘を持ち、右手を空けた。

そうして前方を見据えると、抑えきれない好奇心に背を押され、ゆっくりと足を踏み出した。

黒い塊は、公園の中央を貫《つらぬ》く通りに点々と配されたベンチの脇に置かれているようだ。塊から用心深く距離を取り、けれどまるで吸い寄せられるように、悠は視線を離せないまま近づいていった。

『外来種』は世間一般に浸透しているような、凶暴で残忍な存在ばかりではない。

悠はそのことを両親の職業柄、他人よりよく知っている。

外来種は姿形が多種多様なだけでなく、その性質も、凶悪なものからか弱く儚《はかな》いものまでさまざま。

その事実が公表されたことはないけれど。

悠が世間一般よりもそうした事情に通じているのは、父が、二十年前突然都心に出現した『門《ゲート》』——当時は亀裂とか穴とか呼ばれていた——の制御法を研究している外来種対策局侵入路対策研究部の部長で、母が、そこから現れる『外来種』の生態や撃退方法を研究している外来種研究所の所長だからだ。

高校に入るまで、悠は学校を終えると自宅ではなく、母の研究所に併設《へいせつ》された託児所で過ごすことが多かった。同じ年頃の子どもも多かったし、敷地も広かったので不自由に感じたことはない。それに所長の息子という特権のおかげで、他の子どもたちには出入りを許されない場所にもこっそり入れてもらえたし、機密事項に類することも案外気軽に教えてもらえた。

あの頃のことを思い出すと、今でも胸が痛む記憶がある。

職員のひとりに『お母さんには内緒よ』と言われ、うさぎと猫が混じったような小さくてふわふわした外来種を見せてもらい、こっそり抱かせてもらったことがあった。丸くて大きな瞳は黒に近い濃い紫色で、半透明のヒゲをそよがせながら悠の腕のなかで大人しくしている姿は、子どもだった悠にも強い保護欲をかき立たせた。

『かわいい…』

外来種にもこんなに可憐《かれん》な種類がいるという事実にも驚いたけれど、一番ショックを受けたのは数日後。その子が解剖されて標本にされてしまったと知ったとき。

ふくふくと小鼻を鳴らしていた姿、やわらかな身体と腕に感じた命の重み。それらが『害獣駆逐《くちく》の研究』という名の下に、いとも簡単に殺傷されてしまう現実の惨《むご》さに打ちのめされた。

もちろん、悠にもわかっている。外来種の中で大人しい性質のものはごくわずかで、大半は凶暴で外見も醜悪《しゅうあく》、そして人間を容赦《ようしゃ》なく襲うということ。

学校に行けばクラスの半数近くは、家族や親戚《しんせき》、友人に外来種による被害者がいるし、直接襲われた経験のある子もひとりは必ずいるくらい、かれらの存在は人間にとって脅威だということを。

それでも悠は、人間を襲ってその場で惨殺《ざんさつ》されたり、捕獲《ほかく》されて処理された外来種の姿をニュースで見たり、噂《うわさ》話を聞いたりするたび、とても切ない気持ちになる。どうにも割り切れない理不尽《りふじん》さを感じてしまう。

なぜかと理由を問われても明確に答えることはできない。たぶん、人間を襲う彼らの瞳の中に、自然破壊で棲息地《せいそくち》を追われ、家畜や人を襲って殺される野生動物に似た悲哀を感じてしまうからかもしれない。

そんなことは誰にも言えないけれど。

「…あれ？」

互いの距離が十メートル程度まで近づいたところで、悠は、雨にかすむ黒い塊が得体の知れない不審物ではなく、白いベンチにもたれかかった人間だと気づいた。

雨の中、傘もささずに座り込んでいるなんて、具合が悪いか、何か事情があるにちがいない。

ほっと息を吐き肩の力を抜きながら、同時にあわてて歩調を早めた。そのとき、ベンチ脇にうずくまった人影が、ゆらりと陽炎《かげろう》のように揺れた…ように見えた。

「――…ッ」

瞬間、ひやりと胸が波打つ。

瞬《また》きかけた『外来種かもしれない』という警告から目を背《そむ》け、指先で軽く右目をこする。まばたきする度、うずくまった黒い姿が奇妙に揺れ動いて見えるのは、きっと具合が悪くて身動《みじろ》いでいるせい。救急車を呼んだ方がいいかもしれない。悠はブレザーの内ポケットに入れた携帯に手をかけながら、うずくまった人影から一歩の距離で立ち止まった。

小さな傘をさしかけて相手を覗《のぞ》き込む。

「…あの、大丈夫ですか？」

地面に座って頭を下げているのに、頭頂部が身長一七六センチの悠の腰近くまである。ずいぶん大柄な人のようだ。もしかしたら外国人かもしれない。

全ての光を吸い込んだような黒い上着に包まれた、背中から肩にかけたしなやかさ。折った両膝を抱え込む上腕から肘《ひじ》までの張り、そしてすんなり伸びた手首までの長さも日本人離れしている。雨でぴたりと貼りついた黒いズボンが、折り曲げた両脚の長さとバランスのよさを際立たせている。

癖のない長い黒髪は、思わず見惚《みほ》れるほど艶《つや》やかで、まるで服に溶け込むように肩から背中に流れ落ちていた。

――ほら大丈夫、ちゃんと人間だ。

全身濡れ鼠《ねずみ》で地面に座り込んでいるにもかかわらず、その圧倒的な存在感に、悠の胸がさっきとは異なる色合いに高鳴る。

「あの…」

もう一度声をかけようとした瞬間、目の前で再び黒い輪郭が揺らめいた。

「――…ッ」

バーチャルシアターでスカイダイビングをしたときのような意識のブレと浮遊感。足下から地面が、そして自分の体重すら消えてゆく不思議な感覚に包まれる。

そして、目の前で不安定に揺らめく存在。

――この感覚には覚えがある。

昔、父が勤める対策本部の『門《ゲート》』封鎖施設を見学中に遭遇した、外来種がこちら側に出現したときの感じにとてもよく似ている。

――危険。キケン、きけんだ。逃げろ！

意識の裏に追いやられていた警告灯が突然明滅し始める。脇腹から尾骶骨《びていこつ》にかけて、気の抜けた炭酸のようなぬるい寒気が広がる。悠の脳裏《のうり》にこれまでさんざん見聞きしてきた、外来種に襲われた被害者の血にまみれた無惨な姿がよみがえりかけた瞬間、黒服の男がゆっくり…ゆっくりと顔を上げた。

「あ…」

『陶磁器のような』という形容がまさしく相応しい肌色を、初めて目《ま》の当たりにした瞬間、悠の中から恐怖が消え失せた。

雨に濡れているからだけでなく、上澄みのような透明感の下に広がる、青味を帯びて見える混じりけのない白い肌。瞳の色は、吸い込まれて溺《おぼ》れそうなほど深く澄んだ夜の色。月も星もない真の闇。他を一切寄せつけない黒、それでいて全てを含んでいる色。

こんな瞳を生まれて初めて見た。

——ううん…、いつかどこかで見たことがある。懐かしい、とても懐かしい遥か昔。それとも子どもの頃だったろうか。深海の奥底で星がきらめいているようなこの瞳を、僕は確かに知っている…。

風が吹いて欅が鳴る。大きな雨粒が頼りないビニール傘を強く打ち、視界が白くけぶる。梢《こずえ》から落ちた大粒の雫《しずく》に首筋を打たれた瞬間、悠は夢から醒めた心地で息を吐いた。

「…あの、具合が悪いんですか？」

ようやく出た声は、少しかすれていた。

男の顔が不思議そうに傾く。言葉が通じてないのかもしれない。

悠は英語で同じ質問をくり返し、やはり不思議そうな反応を返されて途方に暮れた。

全身黒ずくめの男は、ぼんやりとした表情でこちらを見返している。彼がもしも外来種でも、こんなに寄る辺《よるべ》ない姿を見たら放っておけない。ましてや捕まれば確実に解剖されることがわかっていて、通報するなんてできるわけがない。

自分が濡れるのも構わず黒ずくめの男に傘をさしかけたまま、悠は救いを求めるように周囲を見まわし、誰の人影もないことを確認して視線を戻した。

「ええと…困ったな。とりあえず僕の家で雨宿りする？　ここにこのまま座っていても、身体が冷えて具合が悪くなるだけだから」

言いながら手を差し出すと、男の顔に初めて理解の色が広がった。彼はゆっくりうなずいて、悠の手を握り返してきた。

「――…！」

皮膚が触れ合った瞬間、目眩《めまい》のような、温かな水流にさらわれるような、奇妙なうねりに包まれる。

さっきの感覚とはまたちがう。

雪の原を皓々《こうこう》と照らす月明かり。蒼く静かな明るい夜。髪と頬《ほお》を撫でていく風はやわらかく、泣きたいほどの懐かしさが生まれる。

まっすぐ続く並木道を、手を繋いで歩いた人がいる。ずっと一緒にいると誓った。

あの場所に、時に、還りたい…。

「あ…」

自分のつぶやきで、一瞬の夢想が弾け飛ぶ。悠と同じように、男も驚いたように目を瞠《みは》っていた。

それまで漫然としていた瞳が焦点を見出し、確固たる意志の光が閃く。

そうして、闇の中で突然顔を照らされたように、何度かまばたきをくり返し、周囲を見まわしてから悠に視線を戻すと、悠の手を握りしめたまま、男は自らの意思でしっかり立ち上がった。最初に予想した通り、彼の身長は悠のつむじを楽々見下ろせるほど高い。思わず仰ぎ見ると、男も悠を見つめ返してきた。

まるで目の前に夜が広がったようだ。

肌だけでなく、男の顔立ちには国籍不明の性別を超越した美しさがあった。

太すぎず細すぎない眉、夜の色を湛《たた》えた切れ長の瞳、高くきれいに通った鼻筋と力強さを秘めた唇。メリハリの利いた顔立ちは、彫りが深すぎて嫌味に感じる手前の絶妙なバランスを保ち、男らしさと美しさが矛盾《むじゅん》なく共存している。

一流モデルでも俳優でも、これほど美しい人間は見たことがない。現実離れした美貌でありながら、その面《めん》に浮かんでいるのは生まれたばかりの赤ん坊にも似た無垢《むく》と無邪気さ。白い額や頬に貼りついた長い黒髪から雨が伝い落ちる。ただの雫が彼に触れた瞬間、水晶のように透明度を増して見えた。

魅入られる…というのは、こういうことをいうんだろうか。

鎖骨《さこつ》と肋骨《ろっこつ》の間がぎゅっ…とねじられたように痛む。同時に、窒息《ちっそく》寸前まで息を止めたあと、ようやく空気を吸い込んだときのように、激しく心臓が脈打ち始めた。顎のあたりからこめかみにかけてが奇妙に熱い。熱は後頭部で弾けて顔全体に広がった。

男に見つめられて自分が赤面したのだと自覚した瞬間、悠は無理やり視線を断ち切って顔を背け、ぎこちなく歩き出した。男も遅れず動き出す。

放してくれないので右手は繋いだまま、肩が触れ合う。外側の手で傘をさしかけるには無理のある身長差に苦労していると、男がさっきよりなめらかな動きでそっと傘を取り上げ、悠の頭上にさしかけてくれた。

奇妙な成り行きに戸惑いつつ、悠は雨に濡れそぼる黒ずくめの男を自宅に連れ帰ることにした。


悠の自宅は閑静《かんせい》な高級住宅街、代官山《だいかんやま》の一角に、地名に相応しい瀟洒な佇《たたず》まいを見せている。

道路面から二メートル近く積み上げられた石垣の上に建つ家は、背の高い生け垣と侵入者を防ぐ鉄柵でぐるりと囲まれ、プライバシーと安全が保たれている。門扉《もんぴ》はカードキー、玄関扉は虹彩《こうさい》認証で開閉するけれど、これはこの辺りの家屋では標準的な設備で、悠の家が特別厳重というわけではない。

悠の両親はいつも忙しく、ふたり揃って家にいることは滅多にない。今日も父は仕事で遅くなり、母の帰りは明日になると連絡があった。週三日、掃除と洗濯、そして食事の用意のために通ってくれる家政婦の小川《おがわ》さんも今日は休みだ。

誰もいない家の中に、言葉の通じない会ったばかりの他人を招き入れるのは、さすがに不用心にすぎるので、悠は黒ずくめの男をガレージの奥に案内した。

父と母が帰宅するまでは、車二台分のスペースを自由に使える。ライトを点けて、車いじりの好きな父が使っている冬用のヒーターを引っぱり出し、キャンプ用のディレクターチェアを用意してから、

「ちょっと待ってて、着替えを持ってくる」

悠が身振り手振りでなんとか意思を伝えると、男は困惑した表情で、それでもこくりとうなずいた。

悠は部屋に飛び込み、急いで濡れた制服を脱いでジーンズと長袖のTシャツに着替えると、部屋着用のスウェットパンツとシャツ、それから大判タオル数枚と毛布を抱えてガレージに駆け戻った。

「あれ？」

点けたはずのライトが消えている。悠の中で、じわりと嫌な予感が込み上げた。

「…どうして明かりを消したの？」

入り口のシャッター脇にあるスイッチを入れ直すと、男は一瞬ひるんだように身動ぎ、長く腕を眼前にかざして光を避けた。

外来種は太陽光に弱い。

ガンマ線、X線、紫外線、赤外線、マイクロ波…。可能な限り自然光に近づけた疑似《ぎじ》太陽光ライトは、十五年前から爆発的に普及し始め、今では外来種撃退用としてあらゆる場所で使われている。夜が迫る夕闇の中、この光を見てほっとしない人間はいない。この光を嫌い、避けようとするのは夜行性の動物や昆虫、そして外来種だけだ。

「……」

悠は、腕に抱えた毛布とタオルと着替えを強く握りしめた。

――やっぱり、彼は外来種だ…。

誤魔化《ごまか》しようのない現実に心が揺らぐ。

彼が外来種なら、今は大人しそうに見えるけど、いつ凶暴化するかわからない。そのとき自分が襲われるだけならまだいい。もしも父や母、そして近所の誰かが襲撃されたら、その責任をどう取るつもりか。外来種駆除の専門機関である国内保安機構に今すぐ通報すべきだと、頭ではわかっている。

——だけど…。

脳裏に身体中を切り刻まれ、全ての体細胞組織を細かく分類されて薬液に浸《ひた》された、元は白くてふわふわしていた小さな生き物の面影《おもかげ》がよみがえる。

——どうしよう。

胸の底で、人として当然の義務と、上手く説明できない感情が激しくせめぎ合う。うつむいて唇を噛みしめた瞬間、奥にいたはずの男の影が足下にかかる。

「ど…うし、た——？」

初めて耳にした声に驚いて顔を上げる。

多少たどたどしいものの、男は日本語を口にしている。その事実をどう受け止めるべきか。これまで外来種が意思の疎通《そつう》が可能な言語をしゃべったなんて聞いたことがない。それにこれほど完璧《かんぺき》な人形《ひとがた》の存在も。

「わた、し…がこわい、の…か…？」

少しかすれている、低いけれど深みと張りのある声は、それ自体に何か特別の作用があるのか、周囲の空気が共鳴して震えた。それとも、共鳴したのは悠の精神《こころ》だろうか。

炭酸水の中に投げ込まれたような、発泡しながら自分が溶けてゆくような不思議な感覚。頬や首筋、手や腕の表皮がちりちりと反応している。悠はそれを自分の皮膚で感じた。

夜色の瞳が驚くほど近づいてくる。

瞳の底で見え隠れしていた銀色の、…いや金色？　それとも紫色だろうか。万華鏡《まんげきょう》のようにとらえどころのない男の瞳に、悠は幻惑された。

自分と相手の境界が曖昧に溶け合う。その感覚を言葉で表現するのは難しい。目の前の風景が二重写しに——まるで二種類の色と度数がちがうレンズを通して物を見るように、重なっているのに、それぞれが独立しているような…。細胞のひとつひとつをそっと撫でられ、やさしく揺さぶられるような感覚に蹂躙《じゅうりん》されて、

「はる…か——」

さっきより、さらにしっかりした声で名を呼ばれて全身がざわめいた。

「ど…して、僕の名を」

教えていないのに。どうして知ってる。

ぶれていた視界が戻り、男の美貌が目の前に迫る。頭ひとつ分近く高い場所にある唇が、もう一度悠の名を呼ぶ。悠は怖くなって後退《あとじさ》った。

――僕はいったい何を、どんな存在を助けてしまったんだろう。

「こわ…がる、な…。…がらないで、くれ」

わずかに眉根を寄せた男の手が、救いを求めるように伸びてくる。逃げないでくれと懇願《こんがん》されると、まるで呪文《じゅもん》をかけられたように身動きできなくなった。

「…あ」

頬に指先が触れる。雨に濡れたせいなのか、それとも外来種はもともと体温が低いのか。長くて形のいい指先はひんやり冷たい。

「逃げ…ないで」

子どもがトンボを捕まえるとき、心の中でつぶやくような言葉とともに、悠は長身の男に抱き寄せられた。同時に、打ち寄せる波のように何かが悠の中に押し寄せる。

手を引かれて歩いた並木道。黒に近い紫色の空。風になびく紺色の草原に、あわい光をにじませた小さな花が天の川のように咲きこぼれている。遠くに連なる山脈のシルエット。すぐ隣には近しい人の気配。泣きたくなるほど愛《いと》しい、けれど二度と会えない人の…――。

胸が締めつけられるほど懐かしい情景は一瞬で過ぎ去り、悠は困惑しながら男を見上げた。

「――…あなたは、誰？」

問われた男は途方に暮れた表情で首を振り、痛みに耐えるよう唇を引き結んだ。

言いたくないのか、言うことが見つからないのか。どちらにせよこれ以上追いつめても無駄らしい。

「…とにかく、濡れた服を着替えよっか」

悠は着替えたばかりの服に染み込んでくる水気にふるりと身を震わせながら、やんわり男の腕を解いた。両手に抱えた毛布と着替えを掲げて見せると、男もそれに同意する。

ガレージの隅で男が服を着替えて毛布にくるまっている間に、悠はもう一度家に戻った。再び着替えて、保温ポットにコーヒーを入れ、作り置きのスコーンを温めてジャムとクリームバターを挟み、居間に常備してある救急箱を丸ごと持ってガレージに戻る。

「身体が温まるから」

悠が差し出したコーヒーを受け取った男は、ひと口含んで眉間《みけん》にしわを寄せ、湯気を立てているスコーンも慎重に匂いを嗅《か》いでからひと口齧《かじ》り、やはり困り切った表情で口から遠ざけた。

「ごめん。美味《おい》しくなかった？」

男は曖昧に首を振りながら口元を手で覆《おお》い、脇に置いたカップと皿をじっと見つめて何か考え込む。

——外来種が人を襲うのは喰うためだ。

まことしやかな噂を思い出した悠は、ひやりとしながら話題を変えた。

「名前、教えて欲しいんだけど」

男は冷めてゆく食べ物から悠に視線を戻し、わずかに目を細めた。

「な…まえ？」

「そう。僕の名前は、さっきあなたが呼んだ通り悠。羽室悠。で、あなたの名前は？」

自分の胸を指差して名乗ってから、次に男を指差して尋ねる。言葉の通じない外国人同士でも、このジェスチャーなら万国共通、たぶん通じるはず。

「――…」

男は再び口元を手のひらで覆い、難しい顔で黙り込んだ。何かを必死に思い出そうとしているようだ。眉間のしわがだんだん深くなる。やがて顔を上げ、たぶん名前なのだろう言葉を発したけれど、聞き取ることができたのは「ア」と「デ」に近い音だけだった。

それは不思議な響きを持っていて、聞こえるけれど、くり返して発声することはできそうもない。音楽や色や香りを言葉で説明するようなもの。喩《たと》えることはできても、そのものを表現することは、実際それを聴いたり見たり嗅いだりしなければ不可能なのと一緒だ。

「困ったな…」

悠は少し考えて、ふと閃いた。

「アディーンていうのはどう？」

ロシア語で〝一〟という意味だけど、彼が口にした言葉に少し似ているし、一というのは最初、頂点という意味もあるし、彼のどこか高貴な雰囲気に合っているように思う。

「アディーン？」

男は鸚鵡《おうむ》返しにくり返し、それが自分の呼び名だと理解すると、静かにうなずいた。

「じゃ、アディーンはどうして僕の名前を知ってたの？」

相手を名前で、それも自分がつけた名で呼べることで、親しみがぐっと増す。

アディーンに椅子を勧め、もう一脚用意して自分も腰を下ろそうとした瞬間、ポケットの携帯が鳴った。相手を確認すると父親からだ。目を見開いて驚いているアディーンに断りを入れてから側《そば》を離れ、背を向けてから通話ボタンを押した。

「もしもし」

『悠か』

「うん」

『さっき上野《うえの》付近で門《ゲート》が出現してな』

「え!?」

『一瞬だけだ。固定化しないで跡形もなく消えてくれたんだが、一応念のため調査に行かなきゃならん。外来種がどれくらい侵入したかも不明だ。今夜は父さんも帰れないから、戸締まりをしっかりして、家から出ないようにするんだぞ』

「…うん。わかった。父さんも気をつけて」

通話を切って外来種襲来情報ページにアクセスすると、確かに午後五時頃から上野に注意警報が出ている。警戒強度はレベル３。指定区域は夜間外出禁止と家屋の外灯点灯が義務づけられている。見ているうちに、いくつかの区域がレベル２か１にゆるめられていく。レベル２は夜間外出自粛《じしゅく》、１は要警戒だ。たぶん出現地だろう区域だけが、レベル３を示す赤い明滅をくり返している。

外来種の侵入路である『門《ゲート》』の出現場所は、リアルタイム警戒情報として携帯やテレビ、ラジオに流される。特に携帯は、持ち主の現在地から半径五キロ以内にレベル4以上の警戒区域が存在すると、問答無用の警戒音を発して報せてくれる。

携帯には購入時に必要な身分証明データが、内蔵されているナノチップに最初から入力されている。それに加えて、さらに何種類か個人情報を入力して国内保安機構に登録しておくと、GPSを利用した現在地の特定が即座に可能となり、外来種に襲撃された場合には、より迅速《じんそく》に救助してもらえる。ただし、こうした特典を受けるにはかなり詳細な個人情報の提出が必要になるので、プライバシーの侵害だと考える人もいて、登録は任意制だ。

携帯に内蔵されたナノチップの利用は個人レベルでも可能。親が子どもの所在地を確認するため利用するのは昔から行われているし、数年前までは友達同士がメルアド交換のノリでチップIDを教え合い、トラブルが多発したこともあった。ここ数年でようやく、調べようと思えばいつでも相手の居場所を知ることができるID交換の危険性が周知され、血縁もしくはよほど信頼できる相手にしか教えてはいけない、という風潮が優勢になった。

ただ、ID交換をする＝《イコール》信頼の証《あかし》ということになるので、中高生くらいになると、交換することに密《ひそ》かなステイタスを感じる場合もある。互いが特別な仲だと認識できる、わかりやすい目安になるからだ。

実は悠も中学二年のとき幼なじみの小野田鐵《おのだてつ》の申し出で、彼とだけはIDを交換した。もちろん、

ＧＰＳ機能の利用は緊急時と互いの了承を得た場合のみ。了承無しで得た情報については言及しない、という暗黙の了解の上でだ。

今夜の外来種警戒レベルは出現場所が離れていたせいか、レベル３の振動のみ。ちょうど公園でアディーンに声をかけた頃だったから、それにまぎれて気づかなかったらしい。

――父さんと母さんが帰って来ないなら、アディーンを部屋に上げようかな…。

そんなことを考えながら携帯をしまって振り返った瞬間、悠は驚きのあまり声を失った。

さっきまでそこにいたはずのアディーンが、跡形もなく消え失せていたからだ。

ii

「どうしたんだよユウ。なんか今日変だぞ」

ＳＨＲ《ショートホームルーム》を終えて廊下《ろうか》へ出ようとしたところで、後ろから小野田鐵につかまった。

今日は定例集会の日。悠は副生徒会長、鐵は運動部の副代表として参加する。

副生徒会長なんて目立つ立場に、悠が自分から立候補したわけじゃない。昨年、一年生のとき鐵に強引に誘われて生徒会役員になり、生来の真面目《まじめ》な性格が災《わざわ》いして先輩や同学年の役員仲間にすっかり信頼され、今年、選挙で選ばれた新しい生徒会長に指名されて副会長に就任した。悠たちの通う青《せい》綾《りょう》高校は、生徒会長と各役員長は選挙で選ばれるけれど、副は会長と役員長の指名制なのだ。

鐵は小学校時代からの幼なじみで、悠のことをユウと呼ぶ。小学生の頃お互いだけに通じるコードネームをつけ合うのが流行《はや》った、その名残りだと思うけれど、鐵は他の人間がユウと呼ぶのを嫌がる。悠自身は別にどちらでも構わないと思っているのに、鐵以外の誰かが真似して「ユウ」と呼ぶと、本人より素早く訂正して、

『ユウのことをユウって呼んでいいのは、俺だけなの！』

などと、子どもっぽい主張をする。

悠より三センチ背が高いだけなのに、鐵の体重が五キロも多いのは、仰向けになると肋《あばら》が見える悠とちがって、きちんと筋肉がついているから。鐵の両腕には中学から始めた剣道のおかげで、名前の通り鉄のように硬い筋肉がみっしりついている。いつも短めにカットされた髪は漆黒《しっこく》。くっきりした眉と陽に焼けた肌、笑うと白い歯が印象的で、制服のブレザーより学ランの方が絶対似合いそうだ。同性の悠から見ても、きりりとしたいい男だと思う。

鐵が五月人形だとすると、悠は西洋のビスクドール系だと、親戚のおばさんやクラスの女子たちにときどきからかわれる。陽に当たると茶色に見える髪と、インドア派に特有の肌の白さのせいだろう。

自分ではそれほど柔《やわ》な外見とは思っていないけれど、たまに街で女の子と間違われてナンパされることがあるから、たぶん女顔なんだという自覚はある。

廊下に出て生徒会室に向かいながら、いつものように肩に腕をまわされた。

「親父《おやじ》さんになんかあったのか？」

額《ひたい》がぶつかるくらい顔を寄せて、鐵が声をひそめる。悠の父が外来種対策局侵入路対策研究部の対策部長で、それなりに高い地位に就いていることをひけらかすような会話は、悠が極力嫌っていることをよく知っているからだ。

悠たちの通う学校は私立で、いわゆる富裕層の子弟《してい》が多いけれど、その中でも悠の両親は高所得かつ肩書きも立派なので、何かとやっかまれやすい。それも悠が目立ちたくない大きな理由のひとつだ。

「ううん。徹夜で朝方帰ってきたけど、元気だよ」

「じゃあ、どうしたんだよ。朝からずっと、ぼーっとしてさ。絶対、変だ」

「ちょ、…止《よ》せよ」

首元を抱き寄せられたまま脇腹を人差し指で突《つつ》かれて、悠はくすぐったさに身をよじりながら、内心鐵の勘の鋭さにひやりとした。何でもないと言いかけた言葉が、鐵の強い視線に射抜かれて舌に貼りつく。

確かに変だという自覚はある。

昨日、アディーンが何も言わずに姿を消したあと、悠は一時間近く家のまわりを捜し歩いた。もっとたくさん話がしたかったし、側にいたかった。彼のことを知りたかった。

最後は半分泣きべそをかきながら家に戻り、みじめな気持ちで夕飯を食べ、ベッドに潜り込んだけれど、あまりよく眠れなかった。

今日も目覚めてから一日中、ずっとアディーンのことを考えていた。

「なんかあったんだろ？　俺にも言えないことかよ」

「……」

相手が鐵だからこそよけい言えない。外来種を助けて、見逃したとは。

鐵の父親は五年前、外来種に襲われて命を落とした。そのとき一緒にいた妹も、左足の膝から下を食い千切られて、今は義足で生活している。

外来種に襲われて身体の一部を損なう被害者が増えてから、国内の義手義足技術は飛躍的に向上した。だから一見しただけでは生身かどうかわからない。それでも当時まだ八歳だった少女が取り返しのつかない身体にされたことを、鐵は兄として心から悲しみ、憤《いきどお》り、外来種を心の底から憎んでいる。

悠と鐵とのつき合いは十年近くになる。

小学生の頃は家が近所で、母親同士の仲が良かったこともあり、悠の両親が留守のときは鐵の家で夕飯を食べ風呂に入り、そして一緒に眠った。宿題したり遊んだり、ときには他愛《たわい》のないケンカも。

互いに何でも言い合えるし、隠しごともほとんどない。

鐵はいつだって悠のことを考えてくれてるし、目立つことを好まない悠を庇って矢面に立ってくれることも多い。それでも、

「ごめ…。上手く、説明できない」

何でもないと言い繕《つくろ》うことも、嘘をつくこともできず、悠はうつむいて不器用につぶやいた。鐵はますます顔を近づけて、やさしくささやく。

「ゆっくりでいいから。俺はユウのこと」

「やだー。エッチくさーい！」

「えぇーっ、やめなよー」

突然会話に割って入った「クスクス」「きゃっきゃ」という忍び笑いに、悠は驚いて顔を上げた。

廊下の角から現れた数人の女生徒たちが、ケージの中で押し合いへし合いするハムスターのように、落ち着きのない様子ではしゃぎながら近づいてくる。ネクタイの色が赤だから一年生だ。
五、六人の集団はきゃっきゃきゃっとはしゃいで悠と鐵をチラチラ見ながら、横を通り抜けるかどうかでもめているらしい。
悠は鐵の腕を外して身を離した。鐵といるとこんな風に女子の注目を浴びることが多くて、ときどきうんざりする。鐵が女子によくモテて、それなのに彼女を作らないせいだ。女生徒のひとりが興奮気味に「あれが剣道部の小野田先輩。隣がウワサの羽室悠先輩だよ」とささやいた。

「えぇッ、あのふたりって……そういう関係なのぉ?!」

女子の集団というのはどうしてあんな風にあけすけなんだろう。本人たちは内緒話のつもりかもしれないけど、自分たちの声がよく通るという自覚がないんだろうな。

やましいことなどないのに、いわゆる同性愛関係を揶揄《やゆ》された瞬間、悠は自分でも驚くほど動揺した。鐵との間を疑われたからじゃない。昨日、悠がアディーンと名づけた黒衣の男に感じた、奇妙な高揚感を思い出したせいだ。

あの瞳に見つめられ、低くかすれた声で名を呼ばれた瞬間、身体中に広がった名づけようのない感情。頰と項《うなじ》が熱くなる。同時に、何も言わず姿を消されたときの深い喪失感もよみがえって、目眩《めまい》がした。

——彼は本当に実在したんだろうか。

もちろん、それは間違いない。だって彼が着替えた服は、ちゃんと残ってる。

それならどうして何も言わず姿を消したんだろう。もう一度、現れてくれるだろうか。

…僕は逢いたい。

悠が赤くなったことで下級生たちが一斉《いっせい》に、押し殺しきれなかったらしい甲高《かんだか》い嬌声《きょうせい》を上げて色めき立った。

悠は我に返り、気まずさと恥ずかしさにうつむいた。こんなとき悠は黙ってその場を離れるけれど、鐵の方はしっかり相手を睨《にら》みつけて自分の不快感を伝える。今も背後で鐵が一年生を威圧している気配が伝わってくる。案の定、忍び笑いと小声の応酬《おうしゅう》がピタリと止んで、気まずい空気が漂い始めた。

「…鐵、行こう。定例集会に遅れる」

下級生たちが感じているだろう戸惑い、憧れの先輩の機嫌を損ねてしまったかもしれない怖れと自己嫌悪。一番最初に「エッチくさい」と発言した子を無言で咎《とが》める仲間の空気。そうした諸々《もろもろ》を悠は敏感に感じ取ってしまい、我が事のような居心地の悪さに繋がる。

悠は視線を下げたまま、幼なじみの腕をつかんで女生徒の集団から遠ざかった。

「ユウ？　あんなの気にするなよ」

　そうじゃない。ふたりの仲を揶揄されたことより、女生徒たちの気まずい雰囲気が居たたまれないだけ。すれちがった男子生徒がひやかすように口笛を吹いて通り過ぎる。悠は自分が鐵の腕をつかんだままだったことに気づいて、あわてて手を離した。その手首を改めて握り直されて、小さくため息をつきながら立ち止まる。

「どうしたんだよ、ユウ。やっぱ今日は変だぞ？　なんでそんなに神経過敏になってんだ。昨日、何があったのか教えろよ」

「——ごめん、鐵。今日は勘弁して…」

　何をどう答えればいいのか、悠自身にもわからない。昨日からずっと混乱している。

　ただひとつはっきりしているのは、自分はもう一度彼に逢いたいと強く願っている。

　ただそれだけだった。

iii

　生徒会の定例集会は一時間で終わり、悠は部活に戻る鐵と別れて校舎を出た。

　昨日アディーンを見つけた古城趾公園の欅並木は、いつもの倍の時間をかけて通ったけれど、どこにも彼の気配は見つからなかった。自分でもどうしてこれほど気になるのかわからない。

ただ逢いたい…。アディーン、僕はあなたにもう一度逢いたい。なぜ僕の名前を知っていたのか。彼に触れたとき…、ううん、彼を目にした瞬間、胸に湧き上がった懐かしさの正体はいったい何なのか知りたい。これまで十六年間生きてきて、これほど強く誰かに惹かれたのは初めてだ。

悠は昔から頻繁《ひんぱん》に、自分が『間違った場所にいる』という奇妙な疎外感を感じていた。

『還るべき本当の場所が、どこかにある』

その思いは友達と諍《いさか》いをしたとき、自分の気持ちが相手に上手く伝わらなかったとき、独りで夕焼けや星空を眺めているとき、家族の団欒《だんらん》に落ちるふとした沈黙の中、友達同士で遊んでいる最中、ふいに訪れる。

『還りたい』

切なさと居たたまれなさと懐かしさが同居した、胸に迫る願い。記憶にある限り一番最初に、一番強くそれを感じたのは保育園の頃。

母の教育方針で私立の幼稚園ではなく公立の保育園に通っていた悠は、ある日こっそりおもちゃを持ち込んだ。腕時計タイプのコントローラーで操縦する電子制御ミニカーで、当時、悠の他には誰も持っていなかった。幼児に与えるには高価すぎる玩具《がんぐ》だったからだ。

幼い悠の中に自慢したい気持ちがあったのは否定できない。小さな、そして無邪気な慢心は、あとに続いた諍いのせいで粉々に砕け散った。

高価で珍しい玩具に対する園児の反応は大きく分けて三つ。単純に羨《うらや》ましがり、貸して欲しいと素直にねだる子、実力行使で悠から取り上げようとする子、そして表面上は興味のないフリをしながら、家に帰って親に言いつける子。

三種三様の思惑が当事者の間で収まればよかったけれど、現実は、自分たちの経済力では子どもに与えることのできない高価な玩具を、これ見よがしに持ち込んだ悠を責める親たちの介入で園内の空気は悪化し、悠の立場と気持ちも追いつめられた。

『金持ちの家に生まれたからって、いい気になるな』

同じ物を欲しがって泣きわめく我が子に業《ごう》を煮やし、その鬱憤《うっぷん》を悠にぶつける大人の心ない言葉。自慢したくて持ち込んだ自覚があるからこそ、言い返すこともできず、子ども心に葛藤《かっとう》し傷つきながら、『還りたい』と強く願った。

結局、悠は保育園から私立の幼稚園に移され、自分の軽率な行動が原因で起きた諍いに対する強い後悔と、苦い記憶だけが残った。

あれ以来、悠は目立つことを嫌うようになった。そして学校や塾で、自分に向けられた敵意を感じたり、少しでも自分に関わりのあることで誰かが諍いを起こすと、『自分はここにいるべき人間ではない。間違った場所にいる。だから排除されるんだ』という気持ちを強く感じるようになった。

けれど中学生になった頃から、そう感じる自分を戒《いまし》めるようにもなった。思春期というのは、誰もが自分を他人とはちがう特別な存在だと思いたがる時期だと、本を読んで納得した。きっと悠以外にも、なんとなく『自分の居場所はここじゃないどこか別の場所』だと思っている人間は多いはず。

そう思って鐵に聞いたことがあるけれど、鐵はあっけらかんと、

『そんなこと思ったことないなぁ。だって自分の顔見れば、間違いなく父さんと母さんの子どもだよなーって思うし』

そう言って笑った。

そうかとうなずいても持病のように抱え込んだ寂しさが消えるわけもなく、悠はずっと、約束の地を求めて彷徨《さまよ》う流浪の民《たみ》のように、奇妙な焦燥感とともに生きてきた。

その寂しさが、アディーンに出逢った瞬間霧散《むさん》した。気のせいじゃない。

大理石に彫刻されたような、男らしさと美しさが矛盾《むじゅん》なく融合した容貌。頬に触れてきた指先。そして抱き寄せられたときの腕の力強さを思い出すと、腰から下が温かい綿《わた》に埋まったように、ふわふわと覚束《おぼつか》なくなる。胸の奥がきゅっと縮んで、痛くて苦しいのにどきどきする。

そして、彼が何も言わずに自分の前から消えた事実を思い出すと、これまでに経験したことのない強い喪失感と、おなじみの寂しさに襲われるのだ。

とぼとぼと歩きながら自宅前にたどり着く。念のためガレージを覗き込み、そこが空《から》だと確認すると落胆のため息が漏れた。あきらめて石垣に造られた階段に足をかけた瞬間、

「はるか」

聞き間違えようのない、低く不思議な響きを持つ声に呼び止められた。

思いきり振り返った視線の先、夕闇迫る薄暮《はくぼ》の中に、見間違いようのない黒衣の長身を見つけて、

悠は靴を放り出して駆け寄った。

「アディーン…！」

抱きつく寸前、理性が舞い戻る。

半歩手前で足を止め、行き場をなくした両手を照れ隠しに何度か上下させていると、有無を言わせぬ力強さで抱き寄せられた。

「ぁ…っ」

頬が胸に押しつけられ、昨日悠が貸したシャツ越しに厚い胸板の充実を感じて、ふいに胸が高鳴る。

悠は決して小柄というわけではない。それなのに二メートル近いアディーンにかかると、まるで自分が仔猫になったような気がする。

見上げると、昨日よりぐっと存在感を増した美貌に見つめられていた。そのまま吸い込まれ、溶かされてしまいそうなほど深く澄んだ瞳からなんとか視線を外して、悠は告げた。

「あの…よければ家に、上がって」

始発で帰ってきた父に見つかることを覚悟していたけれど、幸いと言うべきか、父は仮眠を終えて再び職場に戻っていた。

「父さんも母さんも九時まで帰ってこないって。それまでゆっくりして」

リビングの入り口にかけられたメッセージボードの伝言を読み、悠はホッとしながらアディーンを振り返った。悠の自宅の天井《てんじょう》はかなり高い。それでも長身のアディーンが立つと窮屈《きゅうくつ》そうに見えた。

…いや、彼の存在そのものが家屋という現実に比べて異質すぎるせいかもしれない。一見、普通の人間に見えても、彼の本質はとらえどころのない未知の外来種に違いないのだから。

アディーンは悠からボードに視線を移し、父の手書きの伝言をそっと指先でなぞった。そうしてまばたきをひとつ。それから壁に触れ、ラグに触れ、ソファに触れた。さらに壁、壁にかかった絵と額縁、テレビ、リモコン、新聞に雑誌、花瓶と生けてある花、母さんが置き忘れたままのカーディガン。

部屋の中にあるさまざまなものを、静かに触れていく。まるで指先でスキャニングしているようだ。

そう思いついた悠の直感は、あながち外れてはいなかった。

「えと…、何か食べる？」

悠はキッチンに入って調理台の保温トレイを開けた。小川さんが作ってくれた夕飯メニューは、チキンのクリームシチューと温野菜サラダ、デニッシュとカンパーニュ。炊飯器にはごはんもある。コーヒーとスコーンは口に合わないことがわかってる。肉類はどうだろ。野菜は？

「アディーン」

カウンターから顔を出して手招きすると、アディーンは素直にやってきた。意思の疎通が昨日より格段にスムースになっている。

「食べられそう？」

夕飯のトレイを指差して尋ねると、彼はそれぞれの器《うつわ》に触れてからわずかに眉をひそめ、昨日と同じように首を横に振った。

「そっか…。あ、そうだ」

思いついてミネラルウォーターを差し出してみると、驚いたことに、それすら匂いを嗅いだだけで『いらない』と戻された。

「じゃ、いったいどうやって生命維持してるわけ…？」

当然の疑問が生まれる。有機生命体である以上、なんらかの形で栄養を摂取しなければ肉体を保つことはできないはず。

「はるか」

そのとき、まるで答えのように、背後からアディーンの両手にそっと抱き寄せられた。耳元をひんやりした吐息《といき》がかすめてゆく。

「あ…」

同時に一瞬の目眩に襲われる。貧血とはちがう、もっと特別な高揚を伴った覚えのある浮遊感。

その感覚に身をゆだねようとした瞬間、アディーンの身体がふ…っと遠ざかる。

「す、まない」

「え？」

両手で肩を支えられたまま謝られて、わけがわからなくなった。

正面に向き直り、アディーンの顔を見上げて首を傾《かし》げると、幾筋かこぼれ落ちた漆黒の長い前髪が作る影の奥で、彼の切れ長の瞳が苦しげに、何か言いたげに細められる。もう一度彼の名を呼ぶと、アディーンは一度強くまぶたを閉じ、それから意を決したように悠から離れて行った。

「アディーン、どうしたの？」

キッチンを出て追いかける。アディーンはリビングの真ん中で手のひらをじっと見つめたあと、右手を強く額に押しつけた。悠はそっと彼に近づいて、広い背中にやさしく触れた。

「僕の部屋へ案内するよ」

悠の自室は三階にある。細長い長方形で、天井が斜めになっている屋根裏風の部屋だ。

床は黒味がかった飴色《あめいろ》のフローリング、壁は白漆喰《しろしっくい》、柱の黒に近い濃茶色とのコントラストが落ち着いた空気を生み出している。

広さは約十畳《じょう》。天井の低い方の壁際にベッド、窓のある南側の壁に面して机とチェスト、反対側の壁一面には造りつけの棚とクローゼットがある。窓辺には寝椅子にもなるソファがひとつ。棚にはオーディオセット、机の上には当然のようにPC《パソコン》が置いてある。

アディーンはリビングと同じように、部屋の中を指先で触れてまわった。しつこさはなく淡々としているから、何かを探られるような不快感はない。それでもベッドの上掛けと枕に触れたとき、笑顔を浮かべられて少し焦った。

彼はいったい何を感じ取っているんだろう。

ひと通り触れてまわった中で、アディーンが強く興味を示したのは、棚に並べられた本やROM、雑誌だった。

「本に興味がある？」

アディーンは小さくうなずいた。

悠は棚から小学生の頃、好んで使っていたＲＯＭ百科事典を取り出してＰＣにセットした。字が読めるかどうかわからないけど、画像やイラストなら万国共通のはず。

予想通りと言うべきか、予想以上と言うべきか。アディーンはディスプレイに映し出される情報に身を乗り出し、食い入るように見入った。ときどき身動ぐたび、長い髪がさらりとこぼれ落ちて机に触れる。それを無造作にかき上げるしぐさに目を奪われてしまう。

アディーンの髪は不思議な色をしている。艶やかな黒のようで、よく見るとマットカーボンのように光を吸い込み遠近感を狂わせる。そして喩えようもなくきれいだ。

「はるか」

ふいにアディーンが顔を上げる。

「な、なに？」

悠は彼の髪に触れようとしていた自分の指先に気づいてあわてて引っ込め、照れ隠しに何度も握り直した。

「このもじと、こっちのもじはほうそくがちがう。なぜだ？」

問われて覗き込むと、アディーンが示す指先には、日本語の説明文と英語表記の補足説明が並んでいた。

「ああ。こっちは日本語、僕たちが今使っている言葉で、こっちは英語…外国の言葉だよ。だから文法がちがうんだ。ちょっと待って」

悠は立ち上がって棚の上の保管ボックスにしまっておいた小学生時代の教材を引っぱり出して、

「これが日本語。平仮名、カタカナ、漢字を使う。漢字は表意文字で形が意味を表してる。平仮名、カタカナ、それから英語のアルファベットは表音文字といって、意味じゃなく音を表してるんだ。表音文字は組み合わせで意味を作る」

隣に腰を下ろして説明すると、アディーンも顔を寄せて真剣に聞き入った。

肩が触れ合う。そのことに互いに気づきながら、気づかない振りをする。そんなささいなことが、どうしようもなくどきどきして仕方ない。

午後九時が近づくと、アディーンはふいに顔を上げて遠くの物音を聴き分けるしぐさを見せたあと、静かに立ち上がった。

「どうしたの？」

「悠のかぞくがかえってくる。わたしは身をかくした方が、よさそうだ」

わずか数時間でずいぶん流暢《りゅうちょう》になった言葉に戸惑いつつ、悠も立ち上がり、とっさにアディーンの腕に触れた。

「また、来てくれる？」

アディーンは窓の外に向けていた視線をこちらに戻して、ふ…と目元を和《やわ》らげた。

「悠が、いやでなければ」

「嫌なわけない。来て、待ってるから」

手を離せば今にも闇に溶けて消えてしまいそうで、悠は必死に言い募《つの》った。

アディーンの瞳が深みを増して色を変える。金を帯びた黒から藍《あい》色、そして銀の細い筋がきらめく濃い紫へ。色は一層ではなく多重構造で、長い間見つめていると魂を奪われそうだ。

「あいにくる。悠に」

ささやきとともに、目尻に唇が触れる。

「…っ」

その瞬間、身体中が何か別の物質で満たされて、張り裂けてしまいそうな気がした。

親密な触れ合いはあまりに刺激が強くて、そのあと、自分がどうやってアディーンを玄関まで見送ったのか、悠はあまり覚えていなかった。


それからしばらくの間、アディーンは約束通り悠に逢いに来てくれた。彼がやって来るのはどうやって調べるのか、必ず両親が不在の日、そして必ず日没後だった。

彼が外来種ならそれは当然のことなのに、どうしても切なさが消えない。

アディーンの学習能力の高さは、まさしく人間離れしていた。最初は日本語すら覚束なかったのに、悠の部屋で過ごした半月足らずの間に辞書を読みふけり、新聞や雑誌、本、テレビ、そしてwebから情報を吸収することで、世の中の仕組みを瞬く間に理解していくようだった。

「我々は『外来種』と呼ばれているのか…」

政府の外来種対策局の公式サイトを確認していたアディーンの瞳が、赤味を帯びて揺らめく。

「異端に対する恐怖、憎悪。未知への怯え。利用、研究…対策、研究。——我々についてどの程度、解明されているか、悠は知っているか？」

一緒にディスプレイを覗き込んでいると肩を抱き寄せられ、尋ねられた。

「あんまり、詳しいことは…」

「『門《ゲート》』がなぜできたかは？　政府研究機関の公式発表では原因不明となっているが」

「噂はいくつかある。プラズマ融合炉《ゆうごうろ》の実験に失敗したせいで時空に歪《ゆが》みができたせいだとか、核兵器開発の副産物とか」

そのあたりの真相は、ある程度承知しているはずの父も決して口にしない。たぶん厳しい機密保持義務が課せられているせいだろう。

けれど日本で最初に『門《ゲート》』が出現した場所が、防衛施設の研究施設の所在地だったことを考えると、単なる噂と切り捨てることもできないはず。

「なるほど」

アディーンは悠が言葉で語ったよりも、多くのことを理解したらしい。たぶん悠と触れ合うことで精神感応のようなものが起こり、そこから直接知識を読み取っていたような気がする。

そのことに気づいていたけれど、嫌じゃなかった。だからわざわざ口に出して確認もしなかった。

アディーンは悠の部屋を訪れ、王者のように優雅なしぐさで悠を抱き寄せては、日によってこめかみ、または首筋、ときには唇の端に自分の唇をそっと重ねる。

アディーンが腰を下ろすと、ただの椅子が玉座《ぎょくざ》のように見えるから不思議だ。彼の長くて形のいい指がキーボードを操る様は、まるで未知の楽器を奏でているようで、うっとり見とれてしまう。

知識を蓄え、悠よりもよほど世事に長けてくると同時に、アディーンの存在感は増していった。

いや、存在感というより魅力と言った方が正しいかもしれない。堂々とした立ち居振る舞いも、自信に満ちた言動も、決してつけ焼き刃なものではなく、彼が本来持っていたものだとわかる。

内に秘めた強い意思と、謎めいた目的。

悠を見つめているときでさえ彼の瞳と意識の半分は、ここではないどこかを見つめている。側にいるからこそ気づいてしまう。

夜の王のようなこの存在は、何か大切な目的があって現れた。

別に、僕に逢うために来たわけじゃない…。

「どうした、悠？」

「え？　あ…、なんでも…ない」

油断していたせいで目尻からこぼれかけた涙をあわてて拭《ぬぐ》い、顔を逸《そ》らして咳払《せきばら》いをする。

アディーンが静かに椅子から立ち上がった。

近づいてくる彼の周囲だけ、まるで光の屈折率がちがうように空気の色と濃度が変わる。

ソファに座った悠の隣に腰を下ろすと、アディーンは長い脚の間で両手を組み、深呼吸をひとつ。

それからゆっくり手を伸ばしてきた。指先が求めているのは悠の肌だ。

今日はどこに触れるんだろう。手の甲？　それとも腕？　首筋は他のどこよりくすぐったいから勘弁して欲しい。

額からこめかみにかけてそっと撫でられ、髪を梳《す》いてもらうのは好きだ。でも一番好きなのは、端《はた》から見るよりずっと逞しい両腕で、広い胸にすっぽり抱きしめられること。

ただ、あまりにも気持ちよすぎるせいか、アディーンに触れられると全身の力が抜けてしまう。それは何の準備もせず一〇〇メートル走をしたあとのだるさに似てる。

――気持ちいいからあんまり気にしてなかったけど、やっぱりアディーンが外来種だってことと関係あるんだろうか…。

耳朶《みみたぶ》から苦手な首筋にかけて、何度も往復する指先に身をゆだねていると、思わず漏れたといった色合いのつぶやきが聞こえた。

「――愛しいな」

「え…？」

驚いて顔を上げる。

同時にアディーンはフ…ッと顔を逸らし、長い前髪で悠の視線をさえぎってしまった。意図したものか、それとも偶然か。

「そろそろ両親が帰ってくる頃だろう」

悠が口を開く前に、アディーンは立ち上がりながら辞去を切り出した。

「あ、…うん」

いったいどうやって調達しているのか、アディーンは黒のオータムコートを自然なしぐさで抱え、部屋を出て階段を下りてゆく。

扉をくぐるとき鴨居《かもい》に頭をぶつけないよう身を屈《かが》めるしぐさ、悠が最初に貸したものとはちがう上質そうな黒の上下。肩胛骨《けんこうこつ》が浮き出たしなやかな背中は、ちゃんと人間に見えるのに…。

玄関を出て庭のアプローチを進み、門を開けて石垣の階段を下りると、少しだけ心ここにあらずといった様子で悠を押し留《とど》めた。

「ここまででいい」

「うん」

「じゃあ、また」

「…うん」

吹き抜ける風のようにあっさり遠ざかりかけた男に向かって、悠はあわてて声をかけた。

「あのさ、父さんや母さんがいてもたぶん大丈夫だと思うんだ。…その、今のアディーンなら人…以外には見えないし」

振り向いたアディーンは意味を問うよう、わずかに目を細めた。

「だから気にせず、もっと家《うち》に来て欲しいかな、なんて…」

僕に逢いに来て。とは、さすがにあからさま過ぎて言えない。家に来いと言うだけで、項から耳の後ろのあたりまでが熱くなる。照れくさくてうつむいたまま踵《かかと》でアスファルトを小突いていると、

「――努力しよう」

感情のこもらない素っ気ない返事に、血が引く思いで顔を上げた。

「あ…」

アディーンはコートの裾をひるがえし、街灯の明かりを避けるように遠ざかっていく。その輪郭が、ゆらりと闇へ溶け込んでしまう。

次はいつ来てくれるのか。いったいどうやって暮らしているのか。どこに帰ろうとしているのか。他にも仲間がいるのか――。

本当は訊きたいことがたくさんあるのに。

さっきのように素っ気ない受け答えをされると、次に逢ったとき尋ねる勇気がしぼんでしまう。

側にいるときは互いの存在…意識が重なり合うほど近くに感じるのに。離れたとたん、見捨てられたような、暖かなコートを剝《は》ぎ取られたような、心許《こころもと》ない不安が這い昇る。

おなじみのだるさと虚脱感を強く感じるのは、彼と別れる寂しさのせいだろうか。

「待ってるから、逢いに来て」

アディーンが溶け込んだ闇に向かって、ぽつりとつぶやいた悠の願いも虚しく、その夜を境に、夜の化身《けしん》のような青年はふっつりと姿を見せなくなった。

iv

衣替えが済んで十月も半ばを過ぎると、朝夕は上着がないと肌寒いくらい秋めいてきた。

教室に滔々《とうとう》と流れる教師の声を聞きながら、悠は視線だけで腕時計を確認した。授業終了まであと十五分。教科書の字面《じづら》を追いながら、考えることはアディーンのことばかり。

今日こそ来てくれるだろうか。

どうして姿を見せてくれないんだろう。

もう何度もくり返した自問が湧き上がると、間髪《かんぱつ》をいれずに答えが浮かぶ。

『両親を気にせず、もっと家に来て欲しい』

――あの日、僕がそう言ったせいだ。だってあの日から彼は来てくれなくなった。

「…ッ」

両目を強く閉じて後悔の痛みに耐える。

別れ際の表情、声の調子がどうだったかを何度も何度も思い出し、自分の何が悪かったのか、何が彼の気に障ったのか、他の原因を探ろうとしても、結局は自分の不注意な言動しか思い当たらない。よけいなことを言わなければよかった。

彼はこちらが言葉にする前に、考えていることがある程度わかっていたんだから。きっと僕がいろいろ知りたがったから鬱陶《うっとう》しくなって、これ以上詮索《せんさく》されたくないと思って、距離を取られたんだ。

終業チャイムが鳴って、無意識に席を立ち礼をしても、机の上を片づけて清掃のために教室を出ても、悠の頭から、背が高く長い黒髪をなびかせた外来種、異邦人、アディーンのことが消えることはなかった。

「ユウ！」

放課後、生徒会の仕事を終えて昇降口に向かう階段を下りきったところで、背後から剣道着姿の鐵に呼び止められた。

「鐵」

運動部はまだ部活中のはず。袴《はかま》からすんなり伸びた素足に上履きという、少し不釣り合いな格好に悠は笑顔を返した。

鐵の隣に立っている女子部の子が、ちょっときつい視線でこちらを睨みつける。気の強そうな彼女の名前は、確か大石遊香《おおいしゆうか》。鐵とつき合ってるという噂がある。けれど鐵に聞いても『そんなんじゃねーよ』とはぐらかされるので確証がない。照れてるという理由だけではなさそうだし、あまりしつこく話題にすると機嫌を損ねるので追及していない。

悠は遊香を刺激しないよう、さりげなく視線を逸らした。ちょうど後ろを通りかかった女生徒のふたり連れが、「ラッキー」と小さくささやき交わし、頬を染めながら遠ざかっていく。遊香はその後ろ姿にもきつい視線を向けた。彼女は悠を含め、鐵に近づく人間をことごとく警戒しているようだ。どうやらかなりやきもち焼きらしい。

「な、あと三十分で部活終わるから、ちょい待っててよ。一緒に帰ろーぜ」

悠の耳元に顔を寄せた鐵の言葉に、遊香が眉をきりりと上げて何か言いたげに鐵の袖を引っぱった。鐵は気づかないのか振りなのかそれを無視している。見ているこちらの方がなんだか居たたまれない。

「え、何か話でもあるの？」

「…別に、そーゆーわけじゃねーけど」

鐵は気を悪くしたようにムッと眉をひそめ、首筋に手を当てた。

「小野田くん、早く戻らないと先生に注意されるよ？」

「いい。大石はちょっと先に行ってて」

鐵が素っ気なく手を振ると、遊香は唇を尖《とが》らせて一度強く鐵の袖を引いて、そのしぐさが通用しないと理解すると、最後になぜか悠を睨みつけて去って行った。

――なんで僕が目の敵《かたき》に…。

「なんだよ。ユウの方こそなんか用事でもあんのか？　ここんとこ毎日だよな？」

「う…ん。ちょっと」

悠は曖昧にうなずいた。

アディーンが来るかもしれないから、暗くなる前に家へ戻りたい。時間があるときはアディーンが現れる可能性のある場所を捜したい。初めて出逢った古城趾公園、それから父の勤務先でもある第一『門《ゲート》』封印施設も気になる。第一門《ゲート》封印施設は悠の自宅から電車で二十分程度しか離れていない。都心のほぼ中央部にできた、そして世界で最初にできた次元の亀裂《きれつ》だ。

二十年前。亀裂が発生した当初は、周辺十キロメートル四方に人が寄りつかないほど怖れられ、街も荒廃して都市機能が麻痺《まひ》したというけれど、亀裂全体を覆《おお》い封印することに成功し、『門《ゲート》』と名づけられてからは少しずつ人が戻り、今では施設のすぐ側まで住宅地が押し寄せている。『門《ゲート》』を封印している建物も、そこに併設されている研究施設にも、許可がなければ入れないけど、周辺を探して歩くくらいはできる。

とにかく少しでもいいから、アディーンの行方《ゆくえ》を知る手がかりが欲しい。

「ユウ？」

「——ごめん。今日は先に帰らせて」

もう一度「ごめん」と謝って鐵から離れ、悠は走り出した。

「ユウッ！」

鐵のどこか苛立った呼び声を振りきって。

この半月で日課になった古城趾公園の見まわりを終え、昨日までと同じように気配ひとつ感じられないことに落胆しつつ悠は帰宅した。

しんと静まったリビングを通り、キッチンを覗くと、小川さんが作ってくれたチキンポトフとガーリックトーストの香りが漂っていた。トーストをひと口囓《かじ》ってから、自室に上がる。扉を開けたとたん、中から吹きつける風を感じて両目を見開く。

——悠。

「アディーン……!」

戸口で立ちすくむ悠の頭上を覆い尽くすように、アディーンが近づいてくる。癖のない長い黒髪と足首までありそうなロングコートが、風になびいて部屋の中を夜に変えてしまう。

髪に星が宿り、瞳に炎が揺らめく。炎の色は金から赤、菫《すみれ》、紫紺《しこん》、銀を帯びた真珠色。そしてこちらの言葉では表現できない、けれどどこか懐かしい不思議な色へと目まぐるしく変わってゆく。目まぐるしい、それでいて不変であるかのように落ち着いている。

「あ…」

まばたきひとつする間、気がついたらアディーンの腕の中にいた。久しぶりに鼻腔《びこう》をくすぐる彼の香りに胸が痛くなる。雨上がりの夜、木々の間をそっと通り抜けるときの匂い。下界の明かりが届かない山の頂《いただき》で、きらめく星を仰ぎ見るときの匂いだ。

——アディーン、僕は…。

心の中でつぶやいて、悠はぎゅっと彼にしがみついた。

指先に触れるひんやりとした布の感触。その奥に息づく充実した肉体。

足下からさらわれて、宙に浮いているよう感じるのは、きっと身体中の血液が彼に惹きつけられて、上手く流れなくなったせい。胸がドキドキしすぎて痛い。息を吸おうと思っても、浅い呼吸しかできなくて苦しい。けれどこの苦しさは、涙が出るほど幸せな甘い疼《うず》きを連れてくる。

『悠』

顎に当てられた指先で、上を向くよう仕向けられた。顔とまぶたをゆっくり上げると、アディーンの高貴な風貌が近づいてくる。

さらりと頬にこぼれ落ちた髪は、とろけるようになめらかで、ひんやりしていた。

髪に覆われてまぶたを閉じる。

「んぅ…っ」

アディーンの唇がしっとり重なってきた。

項から後頭部にかけて、長くて形のいい指と大きな手のひらに支えられている。

彼の手の中で髪がこすれるわずかなきしみと、彼の手のひらが味わっている自分の髪の感触を、悠は同時に感じ取った。それは重ねられた唇と、そこを割って侵入してくる彼の舌、そしてそれを受け止める自分の口内でも同じ。どこからどこまでが自分で、相手との境界がどこなのか曖昧になる。

――この感覚には覚えがある。一番最初に出逢ったときと同じだ。

自分が溶けて相手に染み込んでしまうような感覚に身をゆだねながら、同時に胸から下腹、そして腿《もも》に覆い被さってくる男の重みを、こみ上げる喜びとともに受け止めて。

両腕を伸ばして彼の名を呼ぶ。広い背中をかき抱くようにしがみつき、抱き寄せようと強く力を込めた瞬間、腕の中の重みが霧散する。直前までアディーンだった存在が無数の黒い蝶《ちょう》になって視界を覆う。

――アディーン…ッ！

かすれた自分の叫び声で目が覚めた。

「…あ……」

顔面にかざした指の間から照りつける室内灯の明るさが目に染みる。ソファでうたた寝していたせいで強張った身体を起こし、前髪をかき上げてため息をついた。

「夢…――？」

顔を一度覆ってから、夢の残り香をかき集めるよう自分の身体を抱きしめる。

肩や背中にアディーンの腕の感触が残ってる気がした。胸から下腹部にかけて押しつけられたしなやかな身体の圧迫感が残っている。腿の内側には割り入ってきた膝頭《ひざがしら》の硬さが。そこには身体の中心からぐずぐずと溶け崩れてしまいそうな、熟しきった果実みたいな熱が渦巻いている。

夢の中で、そこは間違いなくアディーンに触れられることを望んでた。

「信じ…られない」

自分の身体の変化が。気持ちが。

アディーンのことは好きだ。惹かれてる。でも、こんな意味で考えたことはなかった。

――本当に？

自問しながら、夢の中でアディーンが触れた場所を自分の指先でなぞってみる。たったそれだけで、内側からあふれ出るような温かさと愛しさ、そして寂しさに包まれてしまった。


日曜日。

悠は父の勤務先である目黒《めぐろ》区の外来種対策局侵入路対策研究部と、隣接している第一門《ゲート》封印施設を訪れた。父の貴重な休日は潰したくないので、見学許可だけ取ってもらい、ひとりで。

侵入路対策研究施設のごく一部は、休日のみ一般公開されている。外来種への対応策や研究成果、門《ゲート》の封印の仕組みや維持費の説明などが主な見学コース。研究対策費として、毎年莫大な予算が投入されているため、納税者の理解を得るためというのが公開理由だ。

入場門で首から下げた勤務者家族用ＩＤカードを提示すると、守衛の態度が少しやわらかくなる。言われるままその場で待つこと数分。すぐに案内係の男性がやってきた。

「ようこそ悠くん。羽室部長から承《うけたまわ》ってます。今日はどんな目的で？」

「こんにちは、高橋《たかはし》さん。わがまま言ってすみません。今日は統計データと、できれば封印施設をちょっと見てみたくて」

「いいですよ。こちらへどうぞ」

高橋さんは父の部下で、悠とは何度か面識がある。彼の先導で悠は一般見学者は立ち入り禁止の区域に案内された。こうした特別待遇を受けられるのも父の地位が高いおかげだ。

とはいえ、まだ高校生にすぎない悠に許されるのは、いずれ世間に公表されるデータをひと月早く教えてもらったり、一般見学者は入ることのできない封印施設に入れてもらえる度だ。

今日はその封印施設を最初に見学させてもらった。

『門《ゲート》』と呼ばれる亀裂の規模は縦《たて》三・二八メートル、横二・七六メートルの楕円《だえん》形で、横から見ると立方体に見え、上から見ると平面に見えるという、三次元の法則では上手く説明できない形状をしている。中心は黒…というより無色。周囲は、濃度の異なる液体が混じり合ったときのように空間がよじれて見える。全体が生き物の胎動にも似た収縮《しゅうしゅく》をくり返し、そこから不定期に外来種が排出される。

そう。まさしく排出、もしくは産卵に似ているかもしれない。

二万五千平方メートルもある敷地の中、最新のグラビトニクス技術と特殊合金によって、五重六重にも封印されたその様子を直接見ることができるのは一部の限られた研究者のみ。

この日悠は、特に異状はないと説明を受けながら、一番外殻《がいかく》に面した通路をぐるりとまわり、どこにも期待したようなアディーンの痕跡《こんせき》を見つけられず、こっそり落胆のため息をついた。

「データはここで検索できます」

「ありがとうございます」

次に高橋が示したのは、外部の研究者や国内外メディア用に準備されたデータバンクだ。一般人は予約して許可が下りないと閲覧《えつらん》できないが、悠の場合はほぼフリーパス。

ＰＣにＩＤカードを挿入して、認証されると起動する。映し出された画面を慣れた手順で操って、目的のデータを探し出す。

各地の外来種目撃情報、被害件数、捕獲件数、門《ゲート》の増減情報…。

「あれ？」

「どうしました」

被害報告の中に気になる記述が数件ある。襲われかけたものの直前で外来種が消えた、というものだ。念のため、過去三カ月分を一週間毎《ごと》に区切って表示してみると、先週からそうした現象が始まっている。

「ああ。それに関して我々も現在調査中です。被害者の見間違いにしては、同じ現象が各地で同時多発してるということは、何か理由があるだろうって」

「それと、門《ゲート》の数が減ってませんか？」

『門《ゲート》』と呼ばれる亀裂の規模は大小さまざまで、数分から数時間で自然消滅するものもあれば、塞がらず固着化してしまうものもある。

固着化したものは現在、日本に五つ、中国に三つ、そして北米にふたつ、南米、中東、欧州、ロシアにひとつずつ確認されている。国土面積に対して日本だけ異様に数が多い理由は明らかになっていない。中国あたりの数字は、正式発表されていないだけで、本当はもっと多いという噂もあるけれど確証はない。その他に確認されている流動的な『門《ゲート》』の数が、やはり一カ月前に比べて明らかに減っている。

「そうなんですよ。来週にはニュースで流れるけど、実は南米の固着『門《ゲート》』が消滅したんです」

「え!?　そんなことってあり得るんですか」

「それを調べるために、今スタッフが現地に飛んでるんだけど。もしかしたら悠くんのお父さんも、来週出張することになるかも」

「…そうなんですか」

きりのいいところで高橋さんには仕事に戻ってもらい、悠はしばらく情報確認を続けた。

とりあえず交通機関を使って行ける範囲で外来種目撃地点や暫定《ざんてい》的に出現した門《ゲート》のデータをプリントアウトしてもらい、対策部を辞去した悠は昼食もそこそこにチェックした場所を確認しはじめた。

無駄なことをしているのかもしれない。それでも少しでもアディーンに繋《つな》がる何かを見つけたい。

そんな藁《わら》にもすがる思いだった。

中央線沿いにある小金井《こがねい》公園に向かったとき、時刻はすでに四時を過ぎていた。

秋の日暮れは早い。悠は早足で公園の通りを駆け抜けた。半周しかけたところで、今日はもうあきらめて帰ろうと踵を返す。見上げた空はまだ明るいけれどあたりに人影はなく、葉の色が変わりかけた木の影に入ると、とたんに視界が危うくなる。それで気づいた。

「変だ…」

これだけ光量が落ちれば、自動的に点灯するはずの街灯が沈黙している。

「停電？」

ちがう。敷地の向こう半分は点いてるし、公園を囲む樹木の外側は、灯り始めた街の明かりでぼんやり輝いてる。

「——…ッ」

ふいに、今自分が踏み込みかけている危険に気づいて、悠は勢いよく振り向いた。何もないことを確認して前に向き直り、すぐにまた、背筋を這い昇る恐怖に引かれて振り返る。じりじりと何度も背後を確認しながら、一番近くにある無明の街灯に駆け寄った。

「壊されてる…！」

小石かエアガンでも使ったのか、遠目にはわからないほど小さな穴がカバーと電球に空いている。いたずらにしては質《たち》が悪すぎる。

「いったい誰が…、何のために」

誰かの明確な悪意を感じた瞬間、項から背骨にかけて痺《しび》れるような悪寒《おかん》が走った。

悠は素早く周囲を調べ、明るい場所までの最短ルートを選んで走り出した。走りながら携帯を出す余裕がない。安全な場所に出たら、もうあと数十メートル先の明るい場所にたどり着けたら、通報すればいい。そう心に決めながら必死に走り続けた。

公園の出口まであと三十メートルというところで悲鳴が聞こえた。右手の茂みの奥。ざわめく木立の揺れがはっきり見えるほど近い。

——何か、いる…！

一瞬で全身の毛穴が無数の小さな心臓になったみたいに脈打ち、汗がどっと噴き出す。肋骨の奥と後頭部からじわりと何かがにじみ出て恐怖が広がり、手足が痺れて感覚が薄れていく。

だめだ、立ち止まるな。逃げろ。

だめだ、背中を見せるな。襲われる。

同時にふたつの本能に引き裂かれて悠は立ちすくんだ。逃げたくても足が動かない。

目だけがすぐ脇で揺れているつつじと椿《つばき》の灌木《かんぼく》の奥を凝視《ぎょうし》し続けている。

「い…やぁ…ッ——き…ッ」

かすれたか細い悲鳴に続いて、エアクッションから空気が抜けるような音、そして水音が聞こえた。

——水じゃない…。もっと濃くて生臭い…。

全身が総毛立ち、細胞のひとつひとつ、全神経が生存の方法を探ってざわめく。けれど足は笑えるくらい力が入らない。

悠は息を殺し、震える指先で携帯を探った。

外来種遭遇時の緊急通報は000。いつもなら目を閉じてたって間違うことなんてない。けれど今は確認したかった。悲鳴と不穏な物音がした場所から目を離さず、けれど少しでも距離を取りたくて、じりじりと後退り、バックポケットから取り出した携帯を眼前まで持ってくる。

確実に0を押す。一回、二回…。

三回目を押し終わる前に、背後から伸びてきた黒い濡れ雑巾《ぞうきん》のようなものに上半身を拘束《こうそく》された。

「――ッ！」

息と心臓が数秒凍りついたあと破裂する勢いで脈打ち始める。狭《せば》まる視界にまだ青さが残っている空が映る。空はまだ明るいのに。木々の形がくっきり見分けられるほど。

けれど手からこぼれ落ちた携帯が乾いた音を立てた石畳は、もう驚くほど薄暗かった。その薄闇が凝固したような墨《すみ》色の拘束。背中にのしかかる物理的な恐怖の重み。獣じみた間隔《かんかく》の短い生暖かい風が吹きつけて、首筋に血の匂いがまとわりつく。両腕は身体の脇にぴたりと押しつけられ、上半身を拘束している濡れ布から嫌な腐臭が立ち昇った。そしてこめかみの後ろから目の前に、三日月のように細く彎曲《わんきょく》した剃刀《かみそり》よりも鋭い数本の爪が――。

「…あ、あ…――ッ」

目を抉《えぐ》られ頭蓋《ずがい》を割られ、四肢を切り刻まれて放置される自分の姿が脳裏を過《よぎ》る。

父と母の嘆き、鐵が受ける衝撃、鐵の妹の小夜《さよ》ちゃんには二重のトラウマになるかもしれない。小《お》母《ば》さんや小父《おじ》さんもきっと悲しむ。クラスの友人たちの、あきらめ半分の驚き。

――そして、アディーン。

ごめん…。

なぜか申し訳なくて涙がにじむ。そのまま肩にひやりと圧迫感を感じた瞬間、上半身を拘束していた濡れ雑巾が突然千切れ飛び、目の前に夜の化身のような黒い影が現れた。

「アディ…ン！」

叫んだ声はかすれて、自分の耳にも届かないほどだった。それでもアディーンはうなずきで応えてくれた。彼の背中で目の前を覆われ、庇うようにまわされた彼の腕に、よろめいた自分の身体が支えられた瞬間、『ああ、守られているんだ』と痛いほど感じて、こんな状況なのに胸が熱く高鳴った。

恐怖と動揺で狭《せば》まった視野の中、悠を襲おうとした外来種は無数の細長い布を引きずったような胴体、異様に長い四肢、そしてその先で不気味に光る鉤爪《かぎづめ》という姿でアディーンと対峙《たいじ》していた。

両者の力の差は歴然。アディーンの方が圧倒的に勝《まさ》っている。威風…とでも言うのか、全身に漲《みなぎ》る気力が目に見える風圧となって、外来種をひるませ萎縮《いしゅく》させてゆく。

アディーンの唇から、何度も鍛え上げられた鉄だけが放つ、澄んだ音にも似た不思議な声が放たれる。それは声というより、何か圧力のような、空気の揺らぎのような、魂を誘《いざな》う磁力にも似たものだった。ほんの一瞬悠の脳裏に、見たことのない異国の文字が映像で浮かんだ気がした。

目眩のような一時《いっとき》が過ぎると、全てが終わっていた。悠を襲おうとしていた外来種は出来損ないのホログラムのように存在感と形をなくし、水に落ちたオブラートみたいに溶け崩れて、濃さを増す夕闇に消え果てた。そしてそこから飛び出した無数のきらめく粒子が逃げ場を求めるように、アディーンが掲げた腕に吸い込まれた。

——な…に？　今の…は。

頭と身体が痺れた状態では、まともに考えることもできない。

「無事か？」

呆然と立ち尽くしていると場違いなほど淡々とした声で確認されて、ようやくまともに舌が動くようになった。

「う…ん…。あ、——そ、そこの茂みの奥で、女の人が」

襲われていたと言い終わる前にアディーンは悠を遊歩道の脇に座らせ、「ここから動くな」と言い置いて茂みの向こうに分け入った。

ひとり残される不安はない。彼が自分を危険な場所に置いていくわけがないと確信できるから。

アディーンが灌木の向こうに消えると同時に獣の唸り声に似た咆吼《ほうこう》が上がり、そこにか細い女性の悲鳴が混じって聞こえた。

悲鳴は生きてる証拠だ。悠がほっと息を吐く間もなく、すぐに濡れた肉がぶつかるような、無理やり千切られたような不快な音と、さっきと同じアディーンの不思議な声が響いて消えた。

シン…と静まり返った公園の外を走る車の排気音とクラクションの音が遠くから聞こえてくる。そして九死に一生を得た女の人の泣き声も。

やがて茂みが揺れてアディーンが戻ってきた。

その肩が奇妙に揺れていることに気づいて悠は立ち上がり、駆け寄った。

「アディーン！　怪我《けが》、してる…？」

「平気だ。それより早く、ここを離れよう」

茂みの向こうからは、むせび泣きながら国内保安機構に通報している女の人の声が聞こえる。国内保安機構は数分で到着するはず。ここに留まれば、悠はともかく外来種であるアディーンを危険にさらすことになる。

「うん…」

悠はうなずいて歩き出した。襲撃の動揺がゆるんだせいで、却《かえ》って震えが酷くなった足を懸命《けんめい》に動かし、国内保安機構が到着する前になんとか襲撃現場を離れることに成功した。


アディーンに連れられてたどり着いたのは、驚いたことにというべきか、それとも当然というべきか、繁華街から少し外れたラブホテルだった。

びっくりするぐらい大きなベッドと、枕元に並んだ、いわゆるそれ用の一式。透過《とうか》ガラスで仕切られただけのバスルーム。ピンクや紫に変わるルームライト。悠は戸惑いながら、一見派手で高級そうに見えるけれど、肌触りで安物だとわかるベッドスプレッドに腰を下ろした。

外来種に襲われて、命の危機に立たされたあとの虚脱状態のせいか、身体が異常に重くてだるい。

両手で顔を覆って大きく息を吐くと、肩が震えた。

「大丈夫か？」

据えつけの冷蔵庫を確認していたアディーンが立ち上がり、その場から動かず悠を案じる。声がよそよそしいと感じるのは、被害妄想《もうそう》だろうか。悠は顔を伏せたままうなずいた。何も言わず姿を消した日から二週間以上行方が知れなくて、どれほど心配したか、会いたくて探しまわったか。恨みがましく言う権利や資格など自分にはないのだと、互いの間に横たわる距離が主張している。

悠は胸の中で気持ちの整理をつけると顔を上げた。偶然でも、命を救ってもらった礼を言ってなかった自分の迂闊《うかつ》さに唇を噛む。

「助けてくれて、ありがと」

アディーンは少し首を振っただけだった。ジェスチャーの意味はたぶん、『どういたしまして』か『たいしたことじゃない』。どちらにせよ、やっぱりアディーンは離れたままだ。

手持ち無沙汰《ぶさた》になった悠は時計を確認して、あわてて携帯を取り出した。時刻はもうすぐ七時。家に連絡を入れないと心配される。

「ごめんアディーン、ちょっといい？」

断りながら、悠はまず鐵に電話した。

『悠？　どした』

ワンコールで出た鐵に、悠は後ろめたさを感じつつ手短に用件だけ告げた。

「あのさ、今夜鐵んところに、泊まるってことにしといてくんない？」

『…んだよそれ。今、誰とどこにいんの』

「明日、明日説明するから。今夜はお願い」

虚空《こくう》に向かって拝みながら頼み込むと、鐵は渋々ながら口裏を合わせることを承知してくれた。ほっと息を吐きながら、続けて自宅に電話する。こちらは四コール目で父が出た。

「あ、お父さん？　悠だけど。今夜、鐵の家に泊めてもらうことにしたから」

父は疑うことなく『そうか』と答え、電話口を手で押さえ、キッチンにいるらしい母に『悠は今夜、鐵くんの家に泊まるって』と伝えた。母の『えぇー、せっかく腕によりをかけて…』という残念そうな声が響く。

『鐵くんのお家の人に迷惑かけないように』

電話口に戻った父の、子どもの頃から数え切れないほど言われ続けた注意に「うん」と素直にうなずいて通話を切る。とりあえずこれで今夜ひと晩、アディーンと一緒にいられる。肩からほっと力を抜いた瞬間、

「ここに泊まるつもりか？」

隣で気配を潜めていたアディーンに問われて、ふいに泣きたくなった。

「迷惑…だった？」

「いや」

だるくて身体が辛い。今から追い出されても、口裏を合わせてもらったから今夜は帰れない。そんな言い訳が喉元《のどもと》に込み上げたけれど、結局悠の口から出たのは、

「いつも、こんな場所を泊まり歩いてる？」

そんな下手くそな話題逸らしだった。

「まさか。このタイプは初めてだ」

苦笑するアディーンの答えにほっとしながら、新たな疑問が浮かぶ。少なくともこれまでは普通のホテルを利用していたことになる。その費用はどうやって調達しているんだろう。

「これだ」

まるで悠の思考を読んだように——いや、実際読んでいるにちがいない——アディーンは目の前でそっと手を開いた。何もなかった皮膚の上がきらきら輝き出したかと思うと、親指の先ほどの金塊《きんかい》が現れた。そして次第に平たく丸くなり、わずか数秒で表は女性の横顔で裏は楓《かえで》の葉の模様がある金貨になった。

「——そ…」

そんなばかな。

「こちらの言葉で錬金術と言うのか。これをこの国の通貨に換えれば、ほぼ自由に行動できる」

言いながら差し出された金貨を受け取ってみた。小さいけれどしっかりとした重みがある。現金に

換えてもらえるということは、確かに本物なのだろう。

そう思いながらふと視線を上げる。公園でアディーンは怪我をしたように見えた。隠そうとする腕を押し留めて確かめてみると、胸のあたりに派手な鉤裂きがある。

「やっぱり、怪我してる！」

隠されたことに少し腹が立って、平気だ大丈夫だという言葉を無視して服をめくり上げると、奇妙なものが目に飛び込んだ。

――な…に、これ…？

皮膚も、裂けたそこから覗く肉も、人のものに見える。けれど本来そこから流れ出るべき血の赤はなく、ただ凝固した空気のようなものが、傷口から周囲に漂い流れ拡散していくのを感じた。

「あまり近づくな」

素っ気ない言葉とともに片手で遠ざけられかけて、悠は逆にぴたりと身を寄せ、治療道具を何も持たない人間が怪我人を前にしたとき本能的に取る行動をした。

文字通りの〝手当て〟。傷口を塞ぐように両手をそっと重ねる。

「…悠」

ため息のように名を呼ばれ、悠はうっとり目を閉じた。同時に自分の手のひらから、アディーンに向かって何かが流れ込んでいく覚えのある感覚に襲われた。アディーンと触れ合うたび感じていた、強い貧血と目眩によく似た虚脱感。まるで大量の血液が流れ出すように、急激に消耗《しょうもう》していくのを自覚して、悠はようやく自分の中からアディーンに向かって流れ出すものが何なのか理解した。

「悠、抑えろ」

「でき…ない」

意味はわかるけど、止める方法がわからない。手のひらから流れ出ていくものは、自分の意志で与えているというより吸収されていると言った方が正しい。どちらにせよ悠にとっては同じことだった。アディーンに自分を与え、貪《むさぼ》られることは喩えようもない幸福感を伴っているのだから。

すぐに重度の貧血に似た視野狭窄《きょうさく》と目眩に襲われる。そのまま気絶する寸前、アディーンによって引き離された。

「悠、駄目だ！」

叱責《しっせき》のような叫びを受け止めながら、数瞬意識が飛んだ。

気づいたときには、ベッドに横たわってTシャツを脱がされているところだった。

「な、…なに？」

「悠も怪我をしているだろう」

確かに。悠の肩には外来種の爪によって抉られた細長い傷が二本できていた。抉られたといっても、それほど深くない。

「これくらい舐《な》めておけば平気」

心配するアディーンにそう言い返したら、本当に舐められた。

「アディ…！」

シャツの前を開いて左肩をさらした無防備な状態でアディーンに抱き寄せられ、まるで唇接《くちづ》けのような行為を受けた瞬間、数日前に見た夢を思い出す。

「…あ…ッ」

そのまま当然のように伸びてきた指先をとっさに避けて、悠は重い半身を必死で起こしてベッドの上を後退り、壁に背を押しつけた。

「どうした、悠？」

身を守るよう両脚を折り曲げて抱え込み、「何でもない」と言い返す。あの夢のせいで、恥ずかしくて顔を上げられない。

――触られたら絶対バレる。

数日前、どうしてあんな夢を見たのか自分でもわからない。夢の中で悠はアディーンとキスをした。相手は外来種、しかも男同士なのに。アディーンに強く抱きしめられて、目眩がするほどうっとりしながら悠はキスを悦んで受け入れた。それればかりか、もっと先まで望んでいたような気がする。

「――…ッ」

ベッドの端がキシ…と音を立てて深く沈む。光量を最大にしてもどこか淫靡《いんび》な色が漂っていた室内は、アディーンの腕のひと振りであわいオレンジ色に沈んだ。近づいてきた男の影が爪先に触れて、悠はますます身を縮めた。

「悠」

声に含まれた懇願するような響きに驚いて顔を上げると、予想に違《たが》わず困ったような、酷く動揺した様子のアディーンの顔がこちらを見つめていた。

出逢ってすぐの頃はともかく、自分のことや身のまわりの状況を自覚してから、彼がこんな表情を浮かべるのは初めて見た。

「わたしが怖いのか？」

「え、あ…。ちが…」

口でいくら否定しても、改めて伸びてきた手のひらを避けて首をすくめていたんじゃ、まるきり説得力がない。

「正直、私は君を必要としている。しかし、ただ側にいては君にばかり負担を強いることになる」

「どういう…意味？」

「一緒にいるためには、たぶんこうするのが一番いい。交わることで、一方的に搾取《さくしゅ》するのではなく互いに還元し合うことができる」

細められたアディーンの目の奥で、目まぐるしく色が変わる。彼の瞳の色が感情の変化に合わせて、さまざまに変わることにはもう馴れた。

「アディーン…？」

答えないまま夜の化身のような男が近づいてくる。肌には触れないまま吐息が混じり合う距離まで。

「アディーン、何を…」

これではまるで、あの夢の再現だ。

「なに…、あ——」

生まれて初めて他人とキスした。…ああ、ちがう。初めては小学生の頃、鐵とふざけてしたんだっけ。テレビドラマの真似をして。

「う…ん……ッ」

意識が逸れたのを咎めるようにキスが深くなる。いつの間にか首の後ろに添えられた手のひらで、しっかり逃げ場を塞がれ、歯の間にひんやりした舌が潜り込んでくる。項を押さえる手のひらと口の中を探る舌の、人よりもずっと低い体温が、彼が自分と同じ種ではないことを改めて思い知らせる。

——でも、そんなことは構わない。

背中に壁、胸にアディーンの逞しい胸板を隙間《すきま》のないほど強く押しつけられて、息が止まりそうになる。自分以外の舌に口蓋《こうがい》や舌の裏側まで探られ、驚きに浮いた舌先を甘嚙みされて、足を抱えていた両手から力が抜けた。自由になった両手はすがりつくものを探して、目の前の黒い背中をかき抱く。

まぶたの奥に自分の姿が浮かび上がる。ベッドの上で、背の高い黒服の男に覆い被さられるようにキスされて、逃げ出すどころかすがりついている。こんなことが自分の身に起きるなんて、アディーンに出逢うまで考えたこともなかった。

でも、こんな風に抱きしめられてキスされてみると、自分はずっとこうなることを待っていたよう

な気がする。いつの間にかベッドに横たえられて、すっぽりと全身を覆うアディーンの重みの心地よさに陶然としながら、悠は喘《あえ》いだ。

「アディ…ン、僕は……」

好意を抱いた相手に望み通り求められ、自分の存在を全て肯定《こうてい》してもらえた全能感。それが一時の錯覚にすぎなくても、初めて味わう甘すぎる悦びに、悠はおずおずとアディーンにしがみつき身をゆだねた。

「——悠…すまない、箍《たが》が外れた」

「え…？」

薄目を開けて少しだけ頭を上げようとしたとたん、目の前が渦を巻く。その感覚はアルコールの酩《めい》酊《てい》感に似ているけれど、それよりももっと甘かった。そして切ないほどの自己犠牲《ぎせい》。自分の全てを相手に与えたいという、強い衝動が湧き上がる。

「だ…めだ悠、少しは鎧《よろ》ってくれ——」

「…なに？」

「このままでは、全部喰らい尽くしてしまう」

——喰らう、喰われる。…別に構わない。

「い…いよ」

アディーンに食べられて、彼の一部になれるなら本望《ほんもう》だ。そうすれば、もうどこにいても自分の居場所じゃないような、行き場のない寂しさに煩悶《はんもん》することもなくなる。

黄昏《たそがれ》どきに菫色の空を眺めて『帰りたい』と、あてどもなく願う必要もなくなる。

「アディーンになら、食べられてもいい…」

夢見心地にささやいた瞬間、頭上で苦しそうなうめきが聞こえた。

アディーンが身を離そうとした瞬間、互いの身体の間に強い磁力のようなものが揺らめく。磁石の間に手のひらを差し入れたときのような、産毛《うぶげ》がなびくあの感覚に似ている。

悠は離れかけた男の身体を必死に引き止めた。

「や…だっ、見捨てないで。もう二度と…」

離れたくない。見失いたくない。

胸にあふれる切なさが、涙になって目尻を濡らす。自分が何を口走っているのかほとんど自覚のないまま、ただ必死にアディーンにすがりついた。

「お願い…、お願いだから…――」

そのあと何を口走ったのか、悠はほとんど覚えていない。

意を決したのか、明確な意図をもって触れてきたアディーンの両手でシャツの前をはだけられ、同じように服を脱ぎ捨てたアディーンに抱きしめられて、吐息が漏れた。肌と肌が触れ合うと、体温の差は瞬く間に混じり合う。

百年一緒に過ごした恋人と百年離ればなれになったあと、再会したらこんな気持ちになるだろうか。

夢の中だけに出てくる魂の親友、もしくは恋人、真の理解者。彼らが現実に現れたら、こんな風に感じるかもしれない。

初心者らしく目を閉じて期待と不安に震えながら、身体の芯を熱く潤ませ横たわっている間に、アディーンは馴れた手つきで悠を抱いた。

悠が覚えているのは、昂《たかぶ》ってもどこかひんやりとした彼の欲望の証《あかし》が、自分の中に分け入ってきたときの充溢《じゅういつ》感。砂に水が染み込むように、自分の中の何かがすんなりとアディーンに吸い込まれ、溶け合う感覚。人ではない者と交わった代償がこれほどの幸福感なら、このまま命を落としても構わないと本気で思う。

それほど至福に満ちた時間だった。

夜半。

ひんやりした指先で、額に張りついた髪をやさしく梳き上げられながら、誰かの苦笑気味な声がやさしく耳朶を打つ。

――自制心には自信があったんだが…。悠を前にすると、自分が明かりに惹き寄せられて我を失う蛾《が》にでもなった気がする。このわたしが抗《あらが》えないとは。きっと何か理由があるんだろうな…。

声は眠る悠の胸に落ちて静かに溶け、次に目覚めたときには、切なさとおぼろな幸福感だけが名残の輝きを放つばかりだった。

翌日。結局、悠は登校できなかった。

夜明け前、アディーンにつき添われて自宅近くにたどり着いたときはまだ平気だったのに、アディーンと別れたとたんきつい倦怠《けんたい》感に襲われた。何とか家にたどり着いたものの、物音で起き出した母親の前で、悠はそのまま動けなくなった。

最初は徹夜のせいか、それとも鐵と酒盛りでもしたのかとからかっていた母も、悠の具合が悪いことに気づくと、かかりつけの主治医を呼んで診てもらった。

主治医の診立てでは、極度の貧血と臓器全体の疲弊《ひへい》。きちんとした食事を摂らず、重労働を続けた場合に陥《おちい》る症状だと言われて、母は驚き、悠自身は密かに納得した。

おそらく原因はアディーンだ。

『このままでは、全部喰らい尽くしてしまう』

昨夜、夢うつつに聞いた言葉の意味がようやくわかった。あれは比喩《ひゆ》でもなんでもなく、本当に文字通り悠の肉体的活力、いわゆる生命力を奪うという意味だったのだ。

アディーンに逢うたび、自分が奇妙に消耗するのは自覚していた。貧血とよく似た目眩や倦怠感、それに疲れやすさ。けれど今回ほど酷いのは初めてだ。これが昨夜の行為——外来種との性行為——の代償なのだろうか。

「それならそれで、構わないや…」

点滴による速やかな栄養補給を受けながら悠は本音をつぶやいた。

——アディーンが何者でも、たとえ人でなくても、僕は彼が好きだから。

V

身体を重ね、おそらくそれが原因の体調不良に襲われてから約二週間。アディーンは一度も悠の前に姿を現していない。

結局あのあと、悠は三日学校を休んだ。三日目には鐵が見舞いに来て、ノートのコピーやプリントを置いて行った。そのときの鐵は、悠をひと目見たとたん強いショックを受けたように両目を見開き、唇をきつく引き結んだ。そして口の中で『やっぱり…』とつぶやいて目を細め、悠の肌についた何かを探すように顔や首筋、手足や襟元を執拗《しつよう》に見つめ続けた。

『なに？　鐵』

あまりの居心地の悪さに悠があからさまに視線を逸らすと、鐵はハッと我に返って『ごめん』と謝り、それから意を決したように口を開いた。

『なあ、…三日前の外泊。誰と会ってたかだけでも教えてくんない？　ヤバイこととかに巻き込まれてるんじゃ、ないよな』

声と表情に苛立ちとじれったさ、そして心配がにじみ出ている。何でもないと言っても通用しない。けれど真実を言うわけにもいかない。

『…ごめん、鐵。言えないんだ。ごめん』

悠が強い拒絶の空気をまとったのを、本人よりも敏感に察した鐵はやりきれなさを誤魔化すように深いため息をついて、何らかの決意を感じさせる声でうなずいた。

『……わかった』

それ以来、以前のように問いつめられることはなくなったけれど、代わりに何か言いたげな強い視線で見つめられることが多くなった。鐵の態度は気になるが今の悠の関心は次にいつアディーンが現れるか、それだけに集中していて正直他のことはどうでもいい。

ニュースでは各国の固着門《ゲート》が次々に消滅しているという。出現と消失をくり返す不安定な亀裂の数も、ここひと月の間に驚くほど減っている。そうした事態と、アディーンの間に何か関係があるんだろうか。たぶんあると、悠の直感が告げていた。

「……」

悠は自分の部屋のソファに腰を下ろし、抱えた両膝の上に顎を乗せて目を閉じた。

――姿を見せなくなったことは前にも一度あった。だけどこの前と今度じゃ状況がちがう。好きな相手とセックスしたあと、連絡を絶たれる理由って何があるだろ…。

「…餌《えさ》として、旨みがなくなったからかな」

自虐《じぎゃく》的なつぶやきが思わずこぼれる。

彼が悠にやさしく…まるで恋人に対するように接してくれていたのは、何か目的があってのことだと覚悟はしていた。そうでなければあれほどの存在が、自分のように特に何かに秀《ひい》でているわけでも、特別魅力があるわけでもないただの人間に執着《しゅうちゃく》する理由がない。そんなことは、少し冷静になれば嫌でも気づく。自分がアディーンに惹かれれば惹かれるほど、彼の気持ちがどこか別のことに向いていることに、悲しいけれど気づいてしまうのだ。

「…だいたい向こうは外来種で、こっちは人間だし。そもそも『恋人』って概念自体、あるのかないのか、はっきりしないし…」

それでも未練がましく、悠は以前アディーンが座ったソファに突っ伏して、彼が触れた場所に額を押しつけた。

会えないことが悔しくて切なくて悲しくて、涙がこぼれた。


——悠…。

久しぶりに聞くアディーンの声に、全身がざわめいて胸が熱くなる。答えようと口を開きかけたとたん、悠は自分がソファに突っ伏したまま眠り込んでいたことに気づいた。

——そのまま。…古城趾公園に来て欲しい。

言葉というより思考と一緒に、脳裏に映像が湧き上がる。目を閉じてソファに突っ伏しているはずなのに、半分眠った意識は夢見るようにアディーンの姿と背後に広がる夜の公園の様子を映し出す。

どうしてわざわざそんな場所に呼び出そうとするのか。今までのように、家に来ればいいのに。

――悠の家のまわりに監視カメラがいくつも設置されている。たぶん部屋の中にも。

「え…ッ!?」

驚いて声を上げたとたん、夢から覚めた。

「…ちがう、夢じゃない」

急激な覚醒に波打つ胸を押さえて時計を確認する。午後十一時。コンビニに行く振りをすれば怪しまれずに済む時間だ。何気なさを装《よそお》い、秋用のショートコートを羽織《はお》って部屋を出る。悠の自室から玄関までは、必ずリビングを通らなければいけない。こんなとき両親が不在がちだと助かる。

家の周囲と部屋に監視カメラが設置されているというのは気になったけれど、下手に探して騒ぎが起きるのもまずい。とりあえずそのことはあとまわしにしよう。

悠は家から充分離れると、アディーンが待っているはずの公園に向かって走り始めた。

夜間でも公園の中央通りはそこそこの明るさを保っている。外来種避《よ》けの太陽光ライトがくっきりとした影を落とす通りを外れて、芝生に覆われた小さな広場に足を踏み入れた。色づき始めた欅と銀《い》杏《ちょう》の葉が光をさえぎり、昼間は訪れる人々の憩《いこ》いの場となるベンチも今は闇に溶け込んでいる。

「アディーン？」

ささやきに答えるよう木々がざわめき、木の葉が舞う。風を避け、とっさにかざした手のひらを下ろすと、目の前に夜の化身のようなアディーンが立っていた。

「悠。よく来てくれた」

闇の中なのになぜかくっきりと姿が見える。初めて出逢ったときと同じように黒の上下、そしてたっぷり生地を使ったロングコートを羽織っている。木々の向こうからかすかに漏れるあわい光を弾く長い黒髪。白い頬は冴えた月光。風になびくとマントのように見えるコートをひるがえし、堂々と佇むその姿は夜の化身。闇を身にまとった帝王のよう。

「アディーン…！」

半月近くも放っておいて、次に会ったら言いたいことが山ほどある。

そう思っていたのに、実際は顔を見たとたん喉がつまって苦しくて何も言えなくなった。…ただ嬉しい。もう一度会えたことが。

よろめくように一歩踏み出すと、アディーンもそれまでの超然とした態度を崩して悠に近づきかけ、そして立ち止まった。なぜか伸ばした両手を握りしめて引き戻し、もう一度伸ばしかけて苦しそうに眉根を寄せる。

彼が自分の体調を気遣ってくれているのだと、悠はすぐに理解できた。

「アディーン、僕は大丈夫だから…」

自分から近づいて、ひんやりとした胸にそっと身を預ける。内心、振り払われたらどうしようと怯えながら、行き場をなくして震えていた指をそっと持ち上げられ、爪先にキスされて、吐息が漏れた。

「あ…」

そのまま背中と腰を抱き寄せられ、顎に手をかけて上向かされて、目の前がアディーンでいっぱいになる。一見黒に見える瞳が、今はファイアオパールの金と紅《あか》を内包して、とらえどころなく揺らめいている。じっと見つめていると幻惑されて、二度と正気に戻れなくなる。そんな甘い痺れを感じながらまぶたを閉じると、吐息とともに唇がしっとり重なってきた。

「…ぅ、ふ…——」

常識も良識も吹き飛ぶ一瞬。

肌も舌も口中の粘膜も、アディーンのそれは普通の人間ではあり得ないほどひんやりしている。

——きっとアディーンも、僕のことを『熱い』って思っているんだろうな。

「熱が戻ったな」

「え？」

唇がそっと離れた隙間からこぼれた言葉に、悠はまばたきした。

「わたしと逢瀬を重ねるたび、体温を奪われた君の身体が衰弱してゆくのを、わたしが気づいていないとでも思ったのか」

「…っ」

どう答えていいのかわからない。悠は曖昧に首を振ってうつむき、それからぽそりとつぶやいた。

「…だから、半月近く逢いに来てくれなかった？」

我ながら拗ねた口調が恥ずかしい。

「——そうだ。あのまま頻繁《ひんぱん》に逢っていたら、君の命が危うくなっていた」

「…そう」

隠したいことがあるとき黙ってしまうのは愚かな方法。隠したいこととは別の真実を語ればいい。

ふいにそんな考えが浮かんで、それがたぶん間違っていないことを、悠は直感で確信した。

——アディーンが僕の身体を心配してくれてるのは本当のことだと思う。でも、彼は僕に隠していることがある。それが悲しい。

「どうした？」

「本当のことが知りたい」

気まぐれに逢いに来て、次の約束もせず姿を消されるのはもう嫌だ。二度と逢えないかもしれない恐怖を抱きながら一日一日を過ごす辛さは、味わってみなければわからない。

せめてアディーンが僕について知っているのと同じくらいは、彼のことを知りたい。

「アディーンは最初、こっちの言葉も、自分のこともよくわかっていなかった。それなのに、あっと言う間に僕よりたくさん知識を身につけて、僕に隠れて何かしている」

「悠…」

「僕はアディーンのことをもっと知りたい。好きだから。好きな相手のことを知りたいと思うのは、変？」

アディーンはふ…とまぶたを伏せ、ベンチに座るよう悠を促した。

アディーンが羽織っていたコートを広げてくれたので素直に腰を下ろすと、そのまま肩を抱き寄せられる。彼の体温は低いけれど、身を包むコートのおかげで十一月初旬の夜の寒さは気にならなくなる。

「何が知りたい？」

外来種とは何か。どこから来たのか。ずっとここにいてくれるのか、それともいつか元いた場所へ還ってしまうのか。自分たちの間に生まれた絆《きずな》に未来はあるのか。

悠がずっと聞きたかったことを矢継ぎ早に口にすると、アディーンは都会の薄くて存在感のない星空を見上げて、深く静かに息を吐いた。

「君たちが『外来種』と呼んで怖れているあの者たちも、元はわたしや君と同じ人間だ」

「え…」

悠は絶句した。言葉の意味が理解できるまでに数瞬。それから新たな疑問が口を突く。

「――そんな…！　じゃ、なんであんな」

世界中のホラー映画から抜け出してきたような、禍々《まがまが》しい姿と凶暴性を持っているのか。

「わたしも最初は不思議だった。だが、調べるうちにひとつわかったことがある。狭間《はざま》の海に流されて、君たちが『門《ゲート》』と呼んでいる次元の亀裂から、わたしの民がこちら側に出現したとき、彼らの存在は靄か蒸気のように頼りなく不安定な状態になっている。その状態で最初に遭遇した人間の感情、特に恐怖や怒り、憎しみや飢餓《きが》感といった暗黒の感情は強い磁力を持っていて、狭間の海で存在の揺らいだ者を、砂鉄《さてつ》のように引きつけ変容させてしまう。おそらく」

「ま、待って。待って」

　悠は右手を上げてアディーンを制した。

「聞いていい？『狭間の海』って何？」

「わたしの故郷がある次元と、悠が生きているこの次元の間に満ちている存在を便宜《べんぎ》的にそう呼んだだけだ。この世界の言葉では、正確に説明することは不可能だ」

　なるほど。アディーンの本名を正確に聞き取ることも発音することもできないのと、たぶん似たような理屈だろう。

「じゃ、…次元ていうのは？」

　悠でも多次元宇宙論くらい聞いたことはある。両親の仕事の関係で量子物理学にも多少のなじみはある。

「多次元宇宙論。そう、その概念に多少近い。わたしの故郷と悠の世界は、キロやメートルで表される物理的距離ではほとんど離れていない。むしろぴたりと重なっている。けれど次元単位ではかなり遠い。物理法則が共通している部分もあるが、異なる部分も多い」

「う、うん」

「話を戻そう。おそらく、最初にこちらに流された者の運が悪かったんだろう。形の定まらない靄のようなわたしの民を見たこちら側の人間が、『幽霊』や『化け物』だと思い込む。その瞬間、心に生じる恐怖や嫌悪の強さは、たぶん君たちが自覚する以上に甚大《じんだい》な力を持っている」

「――…」

今はCGやバーチャルホログラムで、想像を絶するほど残忍で、吐き気を催すほど醜怪なモンスターの映像が商品として日々作り出されている。それらは娯楽《ごらく》作品の名を借りて、好むと好まざるとにかかわらず人々の目に触れ、知らず知らずのうちに深層意識に刷り込まれている。

誰しも馴れない暗闇で、ふと背後が気になって振り返った経験があるはず。そのとき得体の知れない靄のようなものを目にして、脳裏にこれまで見知った恐ろしいものを思い浮かべてしまう。そして次の瞬間、思い浮かべた通りの、もしくはそれ以上の恐ろしい、得体の知れない、緑色のどろどろした妖怪か傷だらけのモンスターか血の滴《したた》る刃物を持った殺人鬼が目の前に現れたら、その瞬間の恐怖はどれほどの強さになるか。悠は思わず自分の身体を抱きしめた。

「…じゃあ外来種に、いろいろな種類がいるのって」

「全てこちら側の人間が、そのとき思い浮かべた感情に影響を受けて変容した結果だ」

アディーンの声にはやるせないほどの憤りがこもっていた。その理由はすぐに解けた。

「もうひとつ。変容して『外来種』と呼ばれるわたしの民が、こちら側の人間を襲うのは、それが唯一の生体維持の方法だからだ」

アディーンの世界には空気と同じように満ちている生命力、一種のエネルギーが、こちら側にはほとんどないのだという。

「唯一、似たものが人の生命力。変容して理性をなくした民たちは本能のまま、水に溺れた者が空気を求めるように人を襲い、生気を吸い取ろうとする。本性さえなくさなければ、相手の命を奪うほど無差別な襲撃はしない。わたしのように」

アディーンが悠の胸元に手をかざすと、覚えのある感覚が生まれた。貧血によく似た軽い目眩。

悠が驚いて目を瞠ると、アディーンはすぐに手を握りしめた。同時に目眩が収まる。

「彼らは全て、わたしが治めている世界の大切な民だ。わたしは彼らを連れ帰るために自ら望んでこちらにやって来た。まさかこれほど酷い状態で追われ、狩られているとは想像もしていなかったが」

治めている…世界。じゃあアディーンは「あちら側」の、少なくとも一国の君主ということになる。

突然、彼がこれまで以上に遠い存在になった気がして、膝の上で両手を握りしめた。

「だから、……王様だから、アディーンは他の外来…アディーンの民みたいに、変容せずにすんだんだ」

「そうじゃない」

「？」

「それもひとつの要因だが。わたしが、わたしという本性を保ってこちらに顕現《けんげん》できたのは、悠、君のおかげだ」

「——え…？」

びっくりして開きかけた両手にアディーンの大きな手が重なる。そのまま深い紫と銀の粒子が入り交じった瞳に捕まった。

「君たちは自分の思考と感情がどれほど強大な力を持っているか自覚がなさすぎる。特に悠、君は」

「僕が？」

僕には特別な力なんてない。そう言いかけた唇を、アディーンの指先がそっと押さえた。

「こちらに現れたとき、わたしは他の民と同じようにまだ不安定に揺らいでいた。そこに悠が通りかかった」

アディーンは手を重ねたまま、ひと月以上前の情景を思い出すようにそっとまぶたを伏せた。

「……あのとき最初に押し寄せた力は疑問、不安、好奇心。わたしは揺らいだ。そしてなんとか自力で己を保とうとした。揺らいで引っぱられる、崩れかかると思った瞬間、澄んだ金色の光に包まれた。救済、不安、同情。悠の感情も揺らいでいた。けれど君は怖れでも嫌悪でもない、慈愛《じあい》というものでわたしをこちら側に定着させてくれた――」

「そんな、僕は…」

慈愛などという、言われ慣れない言葉のくすぐったさに首をすくめてもぞりと身体を動かす。そんな悠に気づいたのか、アディーンが表情を和らげて覗き込んできた。

「わたしの国のことを聞きたいか？」

悠は「うん」と即答した。照れ隠しもあったけれど、好奇心が疼いたのも事実。

アディーンの瞳がここにはない何かを見つけようとするように、用心深く細められた。

「――我々の世界は、こちらで言う夜の状態がずっと続いている領土と、昼が続く領土に分かれている。こちらでは時間によって朝や昼、夕方や夜が移り変わるが、わたしの故郷では、朝は朝の領土に留まり、同じように昼も夜も場所が定まっている」

アディーンの口から語られる世界は、確かに悠の暮らしているこの世界とは多くの部分がちがっていた。世界の中心を核に、六つの方位に別れた領土。陽の女王が治める昼の国、そして闇の王アディーンが治める夜の国。

「空の色は、こちらの夜空よりもっと透明で深い紫色をしている。そうだな、こちら側の紫水晶《アメシスト》に近い。夜の領土は静かで密やかだ。六つの月が交互に昇り、月のない夜は星明かりで影ができる。季節は世界の中心から同心円状に春、夏、秋と広がり、国の裳裾《もすそ》を彩《いろど》るのは慈悲深い冬の女神だ」

凝縮した紫水晶のような大気、青白く光る花びら。広い丘があって、膝丈の草が波のように寄せては返す。草の波間に無数の小さな花が咲いている。風が吹いて花びらが舞う。ときどき銀粉《ぎんぷん》のような白い靄がたなびくときもある。靄が晴れると草の葉に無数の小さな真珠が実を結ぶ。

濃い紫の空を背景に、陽炎のような生き物が横切ってゆく。星明かりを弾いてきらめくのは鱗《うろこ》だろうか、それとも羽に宿った小さな炎か。

美しくおだやかな生き物を見送りながら、丘の上で寄り添う影がふたつ。彼らは聖なる誓いを交わし、生涯をともにする伴侶《はんりょ》――。

「王の住まう宮殿は常春《とこはる》の世界の中心にある。そこは美しく豊かで、精妙《せいみょう》な世界なのだよ」

ひっそりとささやく声に、悠は夢から覚めたようにまぶたを上げた。

今見た情景は、どこまでがアディーンの語った世界で、どこからが勝手に自分で思い浮かべたものなのだろう。それは不思議な国の様子だった。けれど、なぜか胸が締めつけられるほど懐かしい。

――僕は今初めてアディーンの口から聞いたはずのその世界を、昔から知っていたような気がする。

そんなわけないのに、僕は変だ……。

「どうした、悠？」

「ううん、何でもない。続けて」

胸に生まれた寂しさを誤魔化すように、悠は少しだけアディーンに身を寄せた。

「王には、妃《きさき》とは別にとても大切な存在がいる。こちらの言葉で言うと、……そうだな、『伴侶』というのが一番近いな」

「…！」

あまりの符合に、心臓が飛び出すかと思った。悠はこくりと息を呑み込んで、さらに説明を求めた。

「伴侶…って、どういう？」

「こちらの言葉でどう言い表せばいいだろう。いわゆる魂の共生関係とでも言おうか、たぶんそれが一番近い」

「魂の…？　よく、わからない」

「王と伴侶は対《つい》の運命の下に生まれてくる。王は玉座に就くと、寿命が通常の二倍から三倍に延びる。王の中で時間の流れが変わるせいだ。そして伴侶も、王に見出されると同じ時間の流れに乗る。だから」

「王様が伴侶を見つけられないと…」

「その分だけ、伴侶は先に年を取ってしまう。そしてごく稀《まれ》に、伴侶が年老いて先に逝《ゆ》くという悲劇が起きる――」

アディーンはまるで自分が、その稀な悲劇を味わったかのように憂いを漂わせ、そっとまぶたを伏せた。まるで悲しみの重さに負けたように。

まさか、と悠は頭を振った。

まさかアディーンが、その伴侶を失った悲劇の王なんだろうか。それなら僕にも少しくらい望みはある？　むくりと胸に湧き上がった考えが、酷く利己的なものだと気づいたとたん、自分が恥ずかしくなった。けれどどうしても気になる。さすがに、伴侶を亡くしたの？　とは訊けない。だから遠まわしに尋ねた。

「アディーンにもいる？　その…伴侶って」

「ああ」

当然だといわんばかりにうなずかれた瞬間、自分の両足が地面に溶けて沈んだと思った。

アディーンには伴侶が、恋人より妻より肉親より大切な存在がいる…。

当然、僕なんかよりずっと大切な存在が……。

望みを砕かれて初めて、その大きさに気づく。悠は自分がどれだけアディーンの特別な存在になりたがっていたのか、嫌というほど思い知らされた。

無様に震え出した唇をきゅ…っと食いしばった悠の動揺に気づかないはずはないのに、アディーンはなぜか悠を見つめ、まるで雪の原に一輪の花を見つけた旅人のように、豊かな笑みを浮かべた。

「わたしがこちらへ来たのは、流された民を連れ戻すこと。それからもうひとつ」

悠はアディーンが言おうとしたもうひとつの理由も、その笑顔の理由《わけ》にも注意を向けることができなかった。悠の意識はただ一点に捕らわれていたからだ。砕かれたばかりの恋情。そして、

「連れ…戻す…？」

悠は呆然と聞き返した。

——じゃあアディーンは、そのうち僕の前から消えてしまうんだ。そして向こうの世界で待ってる、大切な『伴侶』のもとへ帰ってしまう…。

二重のショックと強い喪失感、裏切られた失望感に襲われて歯を食いしばる。

——誰よりも何よりも大切な存在がいるくせに、どうして僕を抱いたりした？

喉元に込み上げかけた恨みがましさは、アディーンの人間離れした美しい姿と、王たる者に相応しい気高さを見たとたん、小さな取るに足りないものに変わった。

——僕が勝手に誤解したんだ。アディーンにとって、こちら側の人間に触ったりキスしたり抱きしめたりするのは、別に恋愛感情からじゃない。あれは栄養補給みたいなもので、別に僕じゃなくてもよかったんだから…。

悠は両手を握りしめ、静かにアディーンから身を離して立ち上がった。本当は今すぐこの場から逃げ出してしまいたい。でもそんなことをしたらアディーンに二度と会えなくなるかもしれない。砕けた恋心と自尊心か、アディーンとの逢瀬か。選べと言われたら、やっぱりアディーンを取る。

「そっか…。そう、…それなら、僕にも何かできることがあるかもしれない」

なるべくいつも通りに聞こえるよう、悠は語尾が震えないように言葉を選んで立ち上がった。多くの民を救うために、大切なひとを故郷に残して危険なこちら側に来た。気高いアディーンの記憶に少しでも残るように。少しでも喜んでもらえるように。

……少しでも、好意を向けてもらえるように。

悠は嫉妬と別れの恐怖で歪んだ顔を見られないよう、アディーンに背を向けて言い重ねた。

「僕にできることならなんでもするから、遠慮無く言って」

少し早口になったのは、そうしないとこぼれそうな嗚咽《おえつ》がばれてしまうから。あふれる涙を気づかれないよう拭おうとベンチから一歩離れたとたん、背後からそっと抱きしめられて、首筋に吐息とささやきが一緒に落ちる。

「――一緒に来ないか？」

「え…？」

風がないのにアディーンの黒髪がさわりとなびいて、頬を撫でていく。まるで愛撫《あいぶ》のように。胸の前で交叉《こうさ》した両手に強く抱き寄せられ、覚えのある目眩のような感覚に包まれかけた。そのとき、

「ユウから離れろ！　この…化け物がッ」

灌木をかき分けて現れた人影が、錆《さ》びた刃物のような、鈍く危険な叫び声を上げた。

「鐵…⁉」

小野田鐵は手にした大型携帯の太陽光ライトで、悠と、悠を抱きしめているアディーンを容赦なく照らし出した。

眩しさに目が眩《くら》む。抱きしめていたアディーンの腕がゆるんで、悠はよろめいた。

「全部聞いた、記録もとった！　ユウ、こっちへ来い！」

「鐵、止め…ッ」

いったい、鐵はどれほど強力なライトを用意したのか。闇に馴れていた眼には、物理的な痛みを伴うほどきつすぎて、ほとんど何も見えない。左腕で光をさえぎりながら、残った右手で、懸命にアディーンを探る。けれど光と闇と混乱の中で悠の腕をつかんだのは、望んだ相手ではなかった。

「鐵…！」

「ユウ、こっちだ。今、保安機構に通報する。すぐ捕獲部隊が来るから」

十年以上親しくつき合ってきた幼なじみの言葉に悠は総毛立ち、鐵が取り出した携帯を叩き飛ばして叫んだ。

「だめだったらッ」

「ユウ…？」

「アディーンはそんなじゃない！」

外来種が忌《い》み嫌《きら》う太陽光ライトに照らし出されながら、アディーンは他の外来種のようにうろたえもせず逃げ出そうともしない。逆に落ち着き払った様子で、鐡を睨みつける。

「わたしが外来種？　君は夢でも見たのか」

氷の刃《やいば》のようなその視線に鐡がひるむ。その隙に、悠は身をよじって幼なじみから身をもぎ離した。

そのままアディーンに駆け寄ろうとした背中に、鐡の悲痛な叫びが食い込む。

「ユウ、目を覚ませ。おまえ騙《だま》されてるんだ！」

騙されてる。

そのひと言が悠の足を鈍《にぶ》らせた。たぶん、胸の奥でくすぶっていた不安の火種を引きずり出されたせいだ。悠の迷いを敏感に察知したアディーンが、わざと泰然とした態度で手を差し出してくる。

「悠、こちらへ」

「行くな、ユウ！　そいつはおまえを利用しようとしてるだけだ」

悠は立ち止まったままアディーンを見て、鐡を見て、もう一度アディーンを見た。彼の瞳は内心の動揺を示すように、これまで見たことのない色合いを帯びている。後悔？　後ろめたさ？

「アディ…ン」

「ユウ、駄目だッ！　行けば人質にされる」

「…人質？」

「そいつ、何度も封印施設の周辺をうろついてた。ユウのおやじさんが勤めてる第一門《ゲート》だ。それにユウのおふくろの研究所のことも嗅ぎまわってた」

「う…そだ」

「嘘じゃない！　俺はちゃんと調べた」

悠の気持ちが揺れたことに勢いを得たのか、鐵はアディーンに向かって怒鳴りつけた。

「化け物！　ユウに近づいた目的は何だ!?」

強い風圧を受けたように、アディーンが一瞬、わずかによろめく。

「言えないなら俺が言ってやる。ユウを利用して、研究所や封印施設のことを調べたかったんだろ。目的は狩られた仲間の復讐《ふくしゅう》か、それとも『門《ゲート》』の解放か？　仲間を大量に呼び寄せて、俺たちを襲わせるつもりかッ？」

アディーンはバカバカしいとばかりに肩をすくめてみせた。酷く人間くさいそのしぐさが、悠の瞳には却って虚しく映る。アディーンは仲間を集めて故郷に連れ戻すと言った。伴侶という、魂を分け合うほどの存在がいると言った。

――こちらの世界に詳しくなったとたん、僕の前になかなか現れなくなった。僕を抱いて満腹したら、現れなくなった。

これまで漠然と抱いていた疑問。全ての辻褄《つじつま》が合う答え。

「…僕は、利用されただけ？」

「悠、ちがう。だめだ、それ以上疑いを抱かないでくれ。君の力は強くわたしに影響する。わたしたちは……――」

アディーンの声は悠の不審を感じ取って不安気にゆらぎ出し、再び照射された太陽光ライトの鋭さによって遂に断ち切られた。眩しい光に塗り潰されて、アディーンの黒い輪郭が弱まりにじんでゆく。

さっきは平気だったのに。悠の中でアディーンへの不審感が膨《ふく》れ上がるのに比例して、アディーンの存在が不安定になるのを感じた。

「アディーン、僕は…」

断じてあなたの破滅を望んでいるわけじゃない。傷つけたいわけでも、捕まえて断罪したいわけでもない。だけど、心の中で勝手に膨れ上がっていく悲しみと絶望、見たこともないあなたの『伴侶』に対する嫉妬を、どうしたら静められるのかわからない。

「失せろ、化け物！　ユウは渡さない！」

鐵の叫びとともに、煌々《こうこう》と照らされたライトの中からアディーンの気配が消えた。

同時に強く風が吹く。公園の樹々が一斉にざわめいて、乾いた葉の音が潮騒《しおさい》のように打ち寄せる。

頰や額に痛みを生むほど強い風は、まるで悠を責めるように、その夜、いつまでも吹き止むことはなかった。

『各国の固着門《ゲート》が次々に消滅しています。日本でも五基ある封印施設のうち、三基までが消滅しました。残る二基も近く消えるのではないかと関係者は期待しています。実現すれば、二十年の長きにわたって人類を苦しめてきた外来種の脅威が去ることになり――』

小さな携帯画面のコンテンツを更新するたびに上がってくる新着ニュースのトップは、ここ一カ月、外来種関係ばかりだ。

――一カ月。ちょうど僕がアディーンと出会って、アディーンがこちら側に馴れてきた頃からだ。

『門《ゲート》』の消滅も、たぶんアディーンに関係ある…。きっとそうだ。

悠は携帯を折り畳んで昼休みの空を見上げた。背中にフェンスの感触が食い込む。そのすぐ後ろで、一時沈黙を守っていた室外機が再びゴゥンゴゥンと唸り出した。高いフェンスとゴム素材の床が整備された屋上は、休み時間のたびにたくさんの生徒が利用するけれど、悠が座っている給水塔と室外機が集められた一角は、狭いことと会話には不向きな騒音のせいで人気《ひとけ》がない。逆に、ひとりになりたいときの穴場ともいえる。

空から地面に視線を落として、ため息をひとつ。体育座りで直接地面に座り込んでいた悠の爪先に、影がさした。

「ユウ…」

鐵は悠の脇に置いてある手つかずの弁当にちらりと視線を向けてから、目の動きで隣に座ってもいいかと訊ねた。

「――…」

悠は唇をきゅっと噛みしめて肩を強張らせることで、幼なじみの要求を拒んだ。

昨夜、夜の公園からアディーンが消え去ったときから、鐵とはひと言も口をきいていない。今も鐵との間には目に見えない薄い、けれど破りがたい壁を感じる。

鐵は悔しそうな表情でうつむいて爪先と踵で交互に何度も地面を蹴ったあと、許しを得ないまま悠の隣に立ち、フェンスに勢いよく背を預けた。悠の背中に、金網のたわみと振動が響く。それが鐵の苛立ちを表しているようで、悲しくなる。

「――…昨夜のあいつ、人間みたいな外見してるけど外来種だろ。どうして通報しないで、あんな…、外来種とあんな親しそうに…ッ」

室外機が立てる騒音に負けないくらい、鐵の声は硬く鋭かった。悠は静かに立ち上がり、少しだけ上にある鐵の瞳をまっすぐ見据えた。

「鐵が外来種を許せない気持ちは、わかる。だけど彼らの全部が全部、凶悪なわけじゃない。それに、元はみんな僕たちと同じ人間だったってアディーンが教えてくれた。僕は」

「じゃあユウは」

さえぎりかけた鐵を押し留めて、悠は続けた。なんとかして伝えなければ。

「僕は、アディーンがしようとしていることを、手伝いたいと思う」

そう。アディーンが僕を利用するために近づいたにすぎないとしても、彼の目的と望みは理が通っているし、それが叶《かな》えば結果としてこちらの世界も安全になる。この先たくさんの人の命が救われ、ちがう世界に流されて、不本意なまま怪物になってしまった外来種たちの不幸を止められるのなら。

今、自分が味わっている胸の痛みなんて、きっとささいなことなんだろう。

「あいつが？　何をしようとしてるって？」

教えていいのかどうか、一瞬迷う。けれどまずこちらが真実を告げなければ、相手に信じてもらうこともできない。

「アディーンは外来種たちの王なんだって。それで、不本意なままこちらに流されてしまった仲間…彼の民を迎えに来て、連れ帰ろうとしてる。だから僕にも、鐵にも、危害を加えようとはしなかっただろ」

悠は自分に説明できる限りを語った。アディーンに教えてもらったときはすんなり理解できたことが、自分の言葉で表現しようとしたとたん、どこか嘘くさく、リアリティのない絵空ごとに聞こえるのには参ったけれど、なんとか理解してほしくて必死に言葉を重ねた。

「アディーンは決して、僕たちに危害を加えたりしない」

多少、生気を吸い取ることはあるかもしれないけど。

「どうして、そう言い切れるんだよ」

「…アディーンがそう言ったから」

「外来種の言うことを信じるのか!?」

「うん」

そう。アディーンはいつでも正直だった。僕に嘘をついたことはない。教えてくれないことはあったかもしれないけど。

「僕は彼を信じる」

きっぱりと宣言した悠から視線を逸らして、鐵はフェンスをつかみ、強く何度も揺すってから、何かを断ち切るように肩の力を抜いた。

「ユウはどうするつもりだよ」

「僕はアディーンが無事に、故郷へ戻れるよう協力したいだけ」

彼が向こうに還ってしまうまで、ときどき食餌に訪ねてくるのを待ちながら。それが自分にできる精一杯だ。

「あいつに誘われて、一緒に行ったりしないよな？」

「そ…んなこと、あるわけないよ」

「でも昨夜《ゆうべ》」

『一緒に来ないか』

昨夜アディーンが公園で言いかけた言葉を、鐵も聞き取っていたらしい。

「あれは…そんな意味じゃ…」

悠は苦笑を浮かべて首を振った。

——そんな意味じゃない。アディーンが僕を連れて行こうとする理由なんてない。向こうに戻れば、わざわざ生気を吸う必要もなくなるはずだし。彼には大切な存在もちゃんといるし…。

じゃあ、どんな意味なのか。

答えを知りたいと思うより、知ることで受ける痛みが怖くて追及する気になれない。

「ユウ?」

しゃがみ込んで込み上げた嗚咽を懸命に呑み込む悠の肩に、おずおずと鐵の指先が触れた。

vi

校舎の屋上で、鐵と一応の和解をしてから三日間は、何事もなく平穏に過ぎていった。

突然、それまでの日常がきしみを立てて崩れ始めたのは金曜日。午後のSHR中に、悠は呼び出しを受けた。困惑顔の担任と一緒に廊下に出ると、教師でも事務員でもない見慣れない三人の男たちが待ち構えていた。見るからに武道系の厳《いか》ついのがふたり、一見温和そうな四十絡みの男がひとり。

「羽室悠くんですか?」

温和そうな男の問いに悠がうなずいたとたん、厳ついふたりに両側を固められ、腕と足と背中をやんわり、けれど決して逃げ出せないよう拘束された。

「な、なんですか?」

驚く悠に、四十絡みの男は静脈認証で本人以外には表示できない身分証を提示して、

「国内保安機構所属の葛木《かつらぎ》といいます。君が『外来種』を隠匿《いんとく》していると通報があったので、念のため家屋の捜索の立ち会いをお願いします」

——通報？　いったい誰が？　鐵？

ちがう。鐵はそんな卑怯《ひきょう》なことはしない。

悠は友人を一瞬でも疑いかけた自分を恥じてまぶたを強く閉じ、すぐに自分の反応を注意深く観察している男たちの視線に気づいて、慎重に肩の力を抜いた。

誰が通報したにせよ、たぶんアディーンのことだろう。必要以上に動揺すれば、それだけ疑われる。

「羽室…、本当なのか？」

心配と不安と恐怖が入り混じった担任の問いに、悠は力なく首を振った。それは肯定、否定、どちらにも取れる曖昧なしぐさだった。

私服の機動隊員に挟まれた悠は、覆面車輛《しゃりょう》に乗せられて自宅に向かった。

家のまわりには、外来種を捕獲するための特別装備に身を包んだ国内保安機構所属の機動隊員が、ぐるりと取り囲んでいた。門の前には物々しい武器を構えた隊員が陣取っている。

「悠！」

車を降りたとたん、両親が駆け寄ってきた。やはり立ち会いのため呼びつけられたらしい。

「…父さん、母さん！」

「いったい、どうなってるんだ？」

困惑している父と母に答えたのは、悠に続いて車を降りた葛木だった。

「説明はこちらでしましょう」

どうやら彼がこの件の責任者らしい。葛木は悠と両親を道路脇の大型バンに案内した。

「関係者が揃ったところで、改めてもう一度説明しましょう。三日前、匿名で通報がありました。内容は、羽室悠宅で外来種を匿《かくま》っているというものです」

「さっきも言ったように、そんなのは誰かの嫌がらせだ。君は私と妻の身分を知らないのか？」

「もちろん存じています。だからこそ、通報してすぐに動かず、三日もかけて事実関係を調べたんです。その結果、確かにお宅の近所もしくは、羽室家そのもので外来種が目撃されてる証拠をつかみ、捕獲に来たわけです」

「その…証拠って」

悠のかすれた問いに、葛木は両目をぎらりと細め、奇妙な間を置いてから答えた。

「この辺りは高級住宅街ですから、設置されてる治安維持カメラの台数もかなり多い」

そうしてまた間を置く。これ以上の説明が必要かと、悠に問うように。

「…………」

――落ち着け…。

悠は自分に言い聞かせた。たとえアディーンの姿が監視カメラ――治安維持と名を変えても、要は皆の行動を監視していることに変わりはない——に写っていたとしても、外見では見分けがつかないはず。

「では、その証拠写真を見せてもらおうか。もしもこちらが納得できる内容でなかったら、人権侵害と名誉毀損《きそん》で訴えさせてもらう」

父がふだんの温厚さからは想像できない厳しい口調で要求すると、葛木は相手の反応を予測していたように資料を広げて見せた。悠と両親の前に提示されたのは、悠が怖れていた通りアディーンの姿だった。鮮明なものからぼやけた染みのようなものまで、百枚近くある。

「ただの、背の高い外国人だろう？」

父が抗議すると、まるでそれを待っていたかのように、葛木はさらに数枚の写真を取り出してみせた。バンの中に作られた小さな応接セットのテーブルに載せられた一枚は、悠とアディーンが寄り添い歩いているものだった。暗視処理が施されたもので、色数こそ少ないが、細部までくっきりと写し出されている。

「羽室さんも奥さんも外来種研究の専門家だから、わざわざ説明する必要もないと思いますが…。外来種は我々とは体組織の振動数がちがう。だから画像データに特殊な処理をかけると、この通り」

通常画像の上に、もう一枚が重ねられる。

そこには元のままの悠と、半透明で全体に油膜を張られたような人形《ひとがた》の輪郭が写っていた。

「……ッ」

仕事で嫌というほど見慣れているのだろう。両親の口から『ニセモノ』『捏造《ねつぞう》』という抗議は出なかった。

「最近、外国の『門《ゲート》』が次々に消滅しているというニュースは、もちろんご存知でしょう。それなのに国内ではここ一カ月、外来種に襲われる件数が急激に増えている。それでいて捕獲数は激減。もしかしたら知恵をつけた新種、もしくは突然変異種が出現したんじゃないかと関係者はぴりぴりしてるんです」

葛木は「これも対策部長と研究所長にわざわざ説明することじゃないですね」と、苦笑しながら続けた。

「ここ一週間ほどで急増した被害者たちの多くが、自分たちを襲ったのは『とても背が高く』『長い黒髪』『ヒト型だった』と証言している。彼らに共通しているのは、外傷がないのに極度の生体機能低下に陥ってる。まるで血液を大量に抜かれたようにね」

「……何が言いたい？」

「ヒト形、しかも我々と意思の疎通が可能な新種の外来種が出現したとしたら、一番最初に欲しがるのは誰でしょうか」

「私たちを疑っているのか？」

「いえ…」

葛木は、視線を両親ではなく悠に向けた。

「悠くん。君はこの外来種とずいぶん親しそうに見えるけれど、どの程度コミュニケーションが可能なのか教えてくれないか？」

「――誤解です」

悠はコク…と小さく息を呑んだ。

落ち着け。ここで下手に彼のことなど知らないと白を切っても、証拠は他にもあるかもしれない。だったら事実を話せばいい。アディーンの正体を知っていたという、ただ一点を除いて。

「…確かに、僕はこの人と何度か会いました。でも彼が、が…外来種だったなんて、今日、初めて知りました。だから匿っていたとか、そういうのは誤解です」

「ほう。彼の名前、出身は？　いつ知り合ったんです。何かおかしいと思ったことは？」

葛木の質問に悠はなるべく正直に答えた。ただしあくまで偶然知り合った外国人というスタンスで。

「なるほど」

葛木は両手を組んでしばらく考え込んだあと、両親の強い抗議の視線に負けたという表情を浮かべて宣言した。

「わかりました。地位も立場もある羽室家の言い分を尊重しましょう。ただし、この辺りに新種が再び現れる可能性がありますから、隊員の配備と巡回《じゅんかい》をさせていただきます」

その提案を父と母は渋々ながら受け入れ、悠も、内心の焦りを押し隠してうなずくしかなかった。

巡回員を残して彼らが引き上げると、悠は両親にもう一度事情を説明した。もちろんアディーンの正体は隠して。父も母も悠の言い分を全面的に信じてくれた。そして心配も。

「明日は学校を休むか？」

訊かれて悠は「ううん。行くよ」と答えた。休めばよけいな憶測を呼ぶだけだ。

部屋に戻って最初にしたことは、携帯の電源を切ることだった。それから葛木に一度取り上げられて戻された鞄を、そっと隅から隅まで調べてみる。特に異常は見つからなかったけれど、盗聴器や発信器をつけられた可能性は捨てきれない。

悠は机の上に置いた携帯を見つめた。

——不便だけどしょうがない。僕の行動を監視されて、それでもしもアディーンが捕まったりしたら悔やんでも悔やみきれない。

アディーン…。

声に出さず名前を呼んで、ベッドに突っ伏し、羽毛の上掛けに強く額を押しつける。

——アディーン。もしもお腹が空いても、僕に会いに来るのは危険だから…。気をつけて、気をつけて、気をつけて…。何度も胸の奥で彼の無事を祈り続ける、必死な心の隙間に、ふいに魔がさす。

『伴侶がいる』

「…ッ」

痛みを思い出して、強くまぶたを閉じた。

——騙されたとか利用されたとか、それはこっち側の理論で。きっとアディーンに悪気はない。僕が勝手に舞い上がって誤解して、期待しただけなんだから。

だから。アディーンが助けを必要としてるなら、最後まで協力する。

たとえ父さんと母さんを騙すことになっても。みんなを騙すことになっても——。


翌日。

いつもの電車に乗ったときから、悠はなぜか落ち着かない気分に襲われた。違和感は駅から学校へ近づくにつれて強くなり、教室に入る頃には決定的になった。

悠が現れたとたん、教室にいた生徒の何割かが思いきり悠の方を見る。そうして視界から悠を外さないようにしながら、携帯を友人に見せて内緒話を始めた。

「ユウ」

あまりの居心地悪さに戸口で固まっていると、奥の方から鐵が来てくれてほっとする。

「鐵…」

「大丈夫か？　昨日」

「あ、うん。もしかして噂になってる…？」

自分が昨日、国内保安機構に呼び出されたことを。未成年相手ということで、彼らは私服や覆面車輌を使う気遣いを見せてくれたけれど、目敏い人間なら気づくかもしれない。

「なんだか朝から、みんなにすごく見られてて…、睨んでる人もいるし」

なぜなのか。彼らは悠が外来種隠匿の疑いをかけられたことまでは知らないはずなのに。

「――ちょっとこっち来いよ」

鐵はクラスメイトの視線から悠を庇うように、肩を抱き寄せて教室を出た。

「携帯に何度も連絡したけど、見た？」

「…ごめん。電源、切ってた」

鐵は一瞬、眉根を寄せてため息をついた。

「ネットにヤバイ情報が流れてる。ユウが外来種を匿ってるって」

人通りのほとんどない特別教室棟まで来ると、鐵は辺りを見まわし、携帯を取り出しながら早口でささやいた。

「うそ…」

「マジ。ユウの名前と住所、学校名、学年と出席番号、それに一瞬だったけど顔写真も。写真の方は、さすがにマズイからってすぐ削除されたけど、根気よくパスワード探せば見られる場所にまだある」

「――な、んで…そんな…」

「わからない。だけど元の書き込み見ると、なんかすごくユウを悪者にしたい感じなんだ。親の特権利用してるとか、外来種をペットにして人を襲わせようとしてるとか。それだけなら私怨《しえん》のデマだと思うけど。ユウ、昨日呼び出されただろ。あれ、国内保安機構の人間だって、職員室で先生が話してるの聞いたってヤツが出てきて、それを又聞《またぎ》きしたヤツが書き込みしたりして…もう滅茶苦茶だよ」

鐵は悔しそうに額に手を当てた。

不安になって鐵の携帯を覗き込むと、確かに自分のことが話題になってる。大半が根も葉もない中傷で、噂がひとり歩きしてる。

「今日は授業が終わったら、すぐ帰った方がいい。俺、家まで送ってくから」

友達のありがたみを嚙みしめながら、悠はうなずいた。

「うん。鐵…、ありがと」


授業が終わり、鐵と一緒に自宅へ戻ると、見知らぬ人間が数人、家の中を窺《うかが》うようにうろついていた。悠が門に手をかけたとたん、そのうちのひとりが馴れ馴れしい口調で、

「羽室悠くん？」

「どなたですか？」

「ＮＪＮ《ニュージャパンネット》の者なんだけど。今回の件について本当のことを教えてもらえる？」

男は早口でネットのニュース記者だと名乗り、悠の腕をつかまんばかりの勢いで間をつめてきた。

驚く悠と男の間に鐵が割り込む。

「何だよあんた。ユウ、いいから家に入れ」

「う…ん」

悠は玄関に飛び込んで、しっかり鍵をかけてほっと息を吐いた。しばらくするとドアを叩く音が響いた。鐡だ。

「大丈夫だった?」

細く開けた扉から鐡を入れて素早く閉じる。

「なんか、警備員みたいなおっさんが来て、追っ払ってくれた」

「どうして急に、こんな…」

「ネットで噂になったから、スキャンダルになるかもって食いついてきたんだろ。ここんとこ外来種被害が異様に増えてるし」

鐡は制服の袖を払い、乱れた襟元を戻しながら、言い重ねた。

「戸締まりを確認した方がいい。あとブラインドとカーテンも閉めて」

「…うん」

そこまでする必要があるのかと言いかけた悠は、鐡の真剣な表情を見て考えを改めた。

父は昨夜遅く、関西と四国の『門《ゲート》』に異変があったと呼び出されたから、たぶん今夜も帰って来られないだろう。母親は今夜も帰りが遅い。

セキュリティチェックは警備会社に委託してあるし、今は巡回員もいるからそれほど心配はないけれど、望遠レンズなんかでプライバシーを暴《あば》かれるのはごめんだ。二階の廊下のカーテンを閉めながら外を確認すると、張り込みらしい車が数台停まっている。その脇を、近所の人たちが迷惑そうに不審そうに通り過ぎていく。

ふいに強い不安が込み上げて、悠は急いで部屋に戻った。

PCを起《た》ち上げて鐵と一緒に例の書き込みによる噂の拡大や、個人情報がどこまで漏れているかを追いかけているうちに夜になった。

辺りが暗くなったとたん、携帯が独特の警戒音を立てる。外来種出現警報だ。

「近いな」

「うん…」

鐵の声に、悠もPCの外来種情報ページを見ながらうなずく。警戒レベルは4。半径一キロ以内で誰かが襲われているという意味だ。悠は確認のため部屋を出た。

廊下の窓から外を眺めると、警報と同時に点灯設定された外灯がすでに屋外を明るく照らしている。近所の家でも次々と外灯が灯され、煌々と夕闇を切り裂いていく。

――アディーンだろうか…。

たぶんそう。間違いない。

奇妙な確信を持ちつつ、悠はもう一度セキュリティチェックをして部屋に戻った。

午後十一時に八回目の警戒警報が出た段階で、母から連絡が入った。

『夜間外出禁止令が解除されそうもないから、今夜は帰れないわ。そっちは大丈夫?』

「うん。鐵が泊まってくれるから」

『あら、それなら安心ね』

戸締まりに気をつけて、朝になったら帰るから。母は努めて明るい調子で電話を切った。

その夜、レベル4の警戒警報が十五回発生した。狭い範囲で連続してこれほど大量に外来種が出現したことなど、過去に例がない。

前代未聞《みもん》の出来事はすぐさまネットで話題になり、特設掲示板が乱立して、テレビでも臨時ニュースが流れ続けた。

『関西、四国に続いて、東北と沖縄《おきなわ》にあった『門《ゲート》』が消滅したとの情報が入りました』

『都内で頻発《ひんぱつ》している外来種の出現と襲撃の範囲は、目黒区の『門《ゲート》』を中心に範囲を狭めているという情報があり、国内保安機構は付近の住人に、充分警戒するよう注意を呼びかけています』

『外来種の襲撃パターンはこれまでにないもので、屋内にいても襲われたという情報もあり――』

『流言に惑わされず、落ち着いて行動するように――』

「ユウ、やばい流れになってきた」

朝方、刻々と更新される外来種情報ページから顔を上げると、携帯をチェックしていた鐵が青ざめた表情で近づいてきた。

鐵に言われて、例の個人情報をさらされたサイトを表示すると、都内で今夜頻発している外来種の襲撃は羽室悠が匿っていたヤツが原因じゃないのか、という書き込みをきっかけに、だんだんヒステリックな流れになっている。さらにどうやって入手したのか、アディーンと並んで映っている画像まで貼られてしまった。人間に見えるのと、特殊処理を施されて外来種だと判別されたものだ。

「…………」

悠は思わず両手で顔を覆ってしまった。

自分のことよりも、アディーンの外見がさらされたことがショックだった。

「大丈夫だ、ユウ。俺がついてるから」

鐵の慰めにも悠はもう、うなずくことができなかった。

眠れない一夜が明けて、朝の光が外来種の襲撃に怯える人々の不安を拭い去ると、悠の前に新しい脅威が現れた。

「小母《おば》さんに連絡を入れた方がいい。帰ってくるなら報道陣に気をつけろって」

「どういう意味？」

鐵に手招きされて、悠はケトルをガスレンジにかけてから窓辺に近づいた。外に影が映らないよう壁側に立って、ブラインドの隙間からそっと外を見た瞬間、息を呑む。

日曜の早朝にもかかわらず、たぶんマスコミ関係だろう。昨日よりずっと多くの車と人影が家のまわりをうろついて、さらに不穏を嗅ぎ取った近所の人間がしきりに様子を見に来ていた。

ぞっとして、思わず窓から遠ざかる。

「ユウ、小母さんに」

「うん」

悠は震える指で母に電話をかけ、帰ってくるときは充分気をつけるよう伝えて電話を切ると、鐵に向き直って肩をすくめてみせた。

「今日一日、籠城《ろうじょう》することになりそうだね」

十一月ともなると日没も早い。

じりじりと過ぎて行く時間に変化が現れたのは夕方だった。

最初に小さな小石を投げ入れたのは、迫り来る夜に怯えてか、それとも単にいたずらだったのか。

けれど群集心理によってあとに続いた投石には、明らかに悪意が籠もっていた。

南の庭に面した窓が、ガチャンと派手に砕ける音が響く。リビングにあるセキュリティパネルが激しく明滅し始めた。警備会社に異変を報せている証拠だ。

「窓のない部屋へ行こう」

悠は鐵の腕を引っぱって、父の書斎《しょさい》へ向かった。歩きながら泣きたくなってくる。

「ごめん、鐵。こんなことに巻き込んで…」

「気にすんな。暗くなればみんな外来種を怖がって家に戻る。それまでの辛抱《しんぼう》…」

突然、外で大きな悲鳴が上がった。続いて怒号。さらに悲鳴。

「なに…？」

驚いて廊下を戻りかけた悠を鐵が止める。

「ユウ、止せ！　危ない」

「でも、誰か家に上がり込んだら」

もっと危険だ。

悠は二階に駆け上がり、ブラインドの隙間から慎重に外の様子を窺った。追いかけてきた鐵が隣に立ち、唖然《あぜん》とした声でささやいた。

「…何だ、あれ？」

家の正面を走る道路の上でも、さっきまでたぶん石を投げていたのだろう人々と、それを止めようとしていた警備会社の職員、巡回の隊員、皆が呆然と空を見上げている。

オレンジと菫色から紺色に変わり始めた夕空に、黒い染みが広がりつつあった。

「鴉《からす》の大群？」

ちがう、あれは……――。

「アディーン…！」

西の空にしがみつく太陽の、最後の残像を覆い尽くすように広がる漆黒の影。

鳥か蝶の大群のようにも見えたそれは、獲物を探す捕食生物のように優美な動きをくり返し、旋回しながら、予想外の速さでこちらへ近づいてくる。

悠の家を取り囲んでいた人々の口から、悲鳴と警戒を伝える怒号が上がると同時に、無数の黒い小さな羽が視界を覆い、金属板と硝子《ガラス》が響き合うような、甲高く澄んだ羽音が空気を満たした。

それが人々の間をすり抜けていくと同時に、恐怖に身を強張らせていた身体が、芯棒《しんぼう》を抜かれたようにくたりと地面に崩れ落ちる。

一度目は難を逃れた者も、二度三度とくり返されるとひとたまりもない。

わずか数分の間に、悠の家を取り囲んでいた人間はひとり残らず地に倒れ伏していた。

「…アディ…ン」

二階の窓からその様子を呆然と見守っていた悠は、鐡が止めるのも聞かず、まるで砂漠でオアシスを見つけた旅人のように、よろめきながらベランダに飛び出した。

「ユウ！　だめだ、危ないっ」

引き止め、家の中に連れ戻そうとする鐡の腕を振り払い、頭上で旋回している巨大な黒い羽の塊に手を差し伸べた。

「アディーン…！」

声に応えるように、空を侵す黒い染みの一部が触手を伸ばし、悠に向かって降りてくる。

——悠。

脳裏に声が響く。一瞬、強い風が吹き抜けて、小さな黒い無数の羽が音を立てて飛び散った。

目を閉じ、目を開けると星が瞬き始めた天空を背に、夜そのもののようなアディーンの姿があった。

彼はまさしく『夜の王』だった。闇を引き連れて堂々と佇む。長い黒髪が風に吹かれて、海流のように美しい弧《こ》を描いて揺れる。やさしい笑顔、それでいてどこか別世界の香りをまといながら近づいてくる男を、悠は呆然と見上げた。

「悠、迎えに来た」

微笑みと一緒に差し出されたその手を、拒める人間がいるだろうか。名を呼ばれると、それ自体に磁力があるように全身の感覚が彼に向かってざわめき始める。

惹かれてしまう。止めようがない。

「アディーン…、僕は」

続きを待たず、アディーンは悠を抱き寄せ、抱きしめ、悠の全身をすっぽりと自分の身体で覆ってしまった。爪先から地面の感覚が消えて、身体の重みすら感じなくなる。この腕の中にいるとき、僕は誰よりも安全だ。安らぎと同時に疼くような胸の痛みが始まって…。泣きたくなる。

こんなに好きなのに、自分たちの間には相容れない、越えられない壁が存在するなんて。

「——還ろう、一緒に」

耳元でささやかれた言葉に悠は顔を上げた。

「…どこへ？」

「わたしの世界へ」

当然だろうと、その瞳が語りかけてくる。

夕焼けの金色に光る雲の縁。くっきりと輪郭を描く入道雲の、その向こう側にある秘密の世界。自分のことを誰よりも理解してくれる人がいる場所。親よりも親密で、全てを分かち合える親友、そして魂が溶け合うほど愛しい人がいる世界。

それが今、差し出された手を取れば手に入るのか。

ここは自分の本当の居場所ではないと、感じながら生きてきた寂しさ。ゆるやかに世界から押し出されていく疎外感から、永遠に解放される場所へ――。

「一緒に行く？　ここを捨てて…」

父と母を、友人を。住み慣れた家、転げまわって遊んだ庭の芝生の感触を。

「ユウ…！」

泣きそうな鐵の声に振り返り、悠はその姿を見つめた。

一緒にヴィンテージショップで買ったリーバイス、誕生日にプレゼントしたキーチェーン、見慣れたチェックのコットンシャツ。腕時計、携帯。高校、クラスのみんな。教室の風景、机の傷、教科書のラクガキ、消しゴムとシャープペン、薄いグレーの罫線《けいせん》が入った大学ノート。

たった数瞬前まで、これからも当然のように続くと思っていた現実が、取るに足らないと思っていた日常の全てが。ふいに、二度と手に入らない貴重な世界の宝物になる。

アディーンとともにここを去り、彼の世界へ行くというのはそういう意味だ。

ふたつの世界の狭間で揺れる思いを消し去るように、風が吹く。濃い紫の空と白い花が波のように寄せては返す、夜の草原が見える。

自分を抱きしめるアディーンから、深く豊かな気持ちが流れ込んでくる。

愛されてると錯覚してしまうほど強く。

悠は一度まぶたを閉じ、それからゆっくり開いた。これまで生きてきた世界のすべてとアディーン。どちらか片方しか選べないのなら——。

「…うん。一緒に、行く」

——あなたに大切な存在がいても、もう構わない。あなたの側にいられるだけで幸せだから。アディーンに二度と逢えなくなる方がずっと辛い。たぶん、生きていけないくらい。

「では、しっかりつかまってくれ。一気に最後の『門《ゲート》』まで飛ぶ」

「うん」

周囲を旋回していた黒い羽たちが、再びアディーンを守るように集まり始め、彼に抱きしめられた悠の身体もふわりと宙に浮きかけた。その瞬間、

「ダメだ！　ユウが行くなら俺もついてく」

ベランダに飛び出した鐵が声を限りに叫ぶ。アディーンの瞳に稲妻《いなずま》のような光が閃いて、同時にざわりと音を立てた黒い羽たちが、鋭い錐《きり》の形で鐵に襲いかかった。

「アディーン、止め…ッ」

悠が腕を伸ばして鐵を庇うと、黒い錐は寸前で動きを止めた。

「…鐵は、ずっと僕を守ってくれてたんだ。だから…」

悠の訴えと、死んでも行かせまいとする鐵の様子を見たアディーンは、ふっと息を吐き、

「――刻《とき》が過ぎる」

つぶやきとともに鐵から視線を逸らし、腕に抱いた悠を漆黒の羽で覆い包んで、天高く中空に舞い上がった。

「ユウ！　行かないでくれ…ッ」

鐵の切ない願いを、その場に残して。

vii

悠の父の職場でもある外来種対策局侵入路対策部と、そこに併設された――いや、そもそもこちらがメインである『門《ゲート》』とその封印施設の上空に達すると、アディーンは見惚れるほど優雅なしぐさで腕をひと振りした。

指先が示す建物に向かって、黒い羽の大群が押し寄せてゆく。羽が建物を覆うのに合わせて、アディーンがもう一度腕を振ると、施設内の照明が同時に消える。

昼から夜へ転じた瞬間、黒い羽たちは勢いを得て屋内へ雪崩《なだ》れ込んでいった。鉄とコンクリート、セラミックスとレアメタル、最新設備に守られた封印施設の中で所員たちが、外では警備員が次々と、為《な》す術《すべ》もなく昏倒《こんとう》してゆく。

死の先触れのような黒い羽に続いてアディーンと、彼に抱えられた悠が地上に降り立った。

「…し、死んではいないよね？」

地面や床に横たわり、ぴくりとも動かない警備員や所員たちを見つめながら、悠は不安に震える声でアディーンを見上げた。家の周囲でも同じことが起きた。

「命を奪うまではしていない。だが、ぎりぎりまでこちらに必要な——をもらっている」

聞き取れなかったのはたぶん、人間の生命力という意味の言葉だろう。

「行くぞ」

悠の肩を引き寄せてアディーンは歩き始めた。

「施設の異変に気づいて外から救援部隊が駆けつける前に、最後の『門《ゲート》』を使って故郷へ還る」

磨き抜かれた鋼《はがね》のような、きらめく決意を込めてアディーンがつぶやいたとたん、施設中に散っていた黒い羽たちが舞い戻り、歓喜の声にも似た甲高い羽音を立てた。

「アディーン…、この羽たちって…？」

「私の民、我らが同胞。君たちが『外来種』と呼んでいたものだ。醜く劣悪な肉体をまとっていた者も、肉体を失い魂だけでさまよっていた者も、可能な限り呼び集めて…再変換した。この姿が狭間の海を渡るのに一番負担が少ない」

アディーンは話と足を止めて、目の前に立ちはだかる封印施設の入り口の大扉を睨みつけた。

「悠、少しだけ離れて」

そっと手で押しやられた悠が半歩だけ離れると、アディーンは両手を扉に当て、まぶたを伏せた。

一瞬、足下が揺らいで平衡感覚《へいこう》を失う。

よろめきかけた悠の背を素早く支えたアディーンの周囲で、黒い羽の一部が、炭化したように崩れ落ち、煙のように儚《はかな》く薄れて霧散していく。

「あ…」

アディーンが無言で扉を押すと、何重にも厳重にロックされているはずの扉が静かに開いて、アディーンと残りの黒い羽たちを迎え入れた。アディーンとともに悠もそこに足を踏み入れる。

『門《ゲート》』へと至る通路を、アディーンは迷うことなく進んで行った。悠も父と一緒に何度か歩いたことがある道筋だ。通路には一定の間隔で分厚い隔壁が設けられている。そのひとつひとつの施錠《せじょう》をアディーンが解除するたび、まるで力尽きたように黒い羽たちが塵《ちり》と消えてゆく。アディーンの顔に浮かぶ、抑えても抑えきれない悲痛な表情を確かめるまでもなく、悠にはわかってしまった。

黒い羽たち――アディーンの民たちは、自分たちの王に力を与えて消えてゆくのだと。

「アディーン…」

その辛さを少しでも引き受けたくて、悠は歩きながら彼の腕にそっとしがみつき、心と身体を寄り添わせた。触れ合った場所からアディーンの心が流れ込んでくる。それは驚くほど鮮明なイメージとして、悠の脳裏に映し出された。

見覚えのある白い壁、無数の檻《ケージ》。母が所長を務める外来種研究所だ。

切り刻まれた標本ポッドの列。猛毒を注入され、死亡するまで記録を取られ続ける者。意思を奪われ生きながら解剖されてきた無数の外来種たち。その成れの果て。

廃棄場に累々《るいるい》と積み重ねられた屍《しかばね》の山――。

「アディ…」

悠は強くアディーンの腕にしがみつき、まぶたを強く閉じてこぼれそうな涙を堪えた。

彼の怒りと悲しみが痛いほど伝わってくる。

「ごめ…なさ…。僕…知らなかった…。母さんが、そんな酷い実験を許してたなんて…」

突然謝罪し始めた悠にアディーンは驚いた表情を向け、それから納得したように吐息をこぼした。

「――君を、責めるつもりはない」

その言葉を証明するように、彼の中で渦巻いていた憤りの波が静かに凪《な》いでゆく。

「悠は知らなかった。…だから責めることはできない」

「でも…！」

知らないということは、ときに罪に繋がる。

「そう。けれど悠はわたしを助けてくれた。外来種と知っても、君の心は変わらなかった。知って変わること、知っても変わらないこと。君はその大切さを心得ている。――さあ、ここが狭間の海へ至る最後の『門《ゲート》』。長く我々を苦しめてきた、全ての災《わざわ》いの源《みなもと》だ」

最後の隔壁ロックを解除して踏み込むと、巨大な空間が広がった。

「大きい…」

扉から門《ゲート》までは十五メートルほど。

メディアが発していた公式の規模より、そして父が教えてくれた数値より、それは遥かに大きく感じられた。

それは一見、大地に穿《うが》たれた穴のようだ。けれどじっと見続けていると平面から立体へと変わり、空間を歪ませる亀裂のようにも見える。色はついていない。奥に何があるのか探ることはできず、そこが透明なのか黒なのかもわからない。遠近感もなく、じっと見ていると目眩が起きそうだった。

その空間を安定、固着させるために、大小無数のケーブルや金属と非金属で造られた機材が取り巻いている。その姿はまるで職人が粋《すい》を凝《こ》らして作り上げた繊細な銀細工の鳥かごのようだ。

機能と効率、そして極限まで知識と知恵を動員した結果の装置が、芸術作品のように美しいということの意味をどう受け止めればいいのか、悠にはまだわからない。

アディーンはきらめく装置を一瞥《いちべつ》したあと、慣れた様子で入り口の脇にある電気系統制御ボックスに近づいた。

「…どうするの？」

「封印を解除する。今日、この夜が、十五年に一度の凪《なぎ》の日だ。今夜を逃せば再び潮流が動き出し、こちらからあちらへ渡ることはできなくなる」

「どういう意味？」

アディーンはコントロールボックスを慎重に調べ、ボタンをひとつひとつ押しながら話し続けた。

「わたしたちの故郷である世界と、こちらの間には、距離でも時間でも空間としても計ることができない、しかし厳然と存在する『狭間の海』という存在がある。そこには海流のような満ち干きがあって、流れは常にあちらからこちらへ、一方通行だ」

「もしかして、それでアディーンの世界のひとたちばっかりが、こっち側へ流されてしまったの？」

「そうだ」

アディーンは悠の理解力に微笑を浮かべた。

「狭間の海は、こちらの時間で十五年に一度だけ、ほんの一瞬流れが凪ぐ。わたしはこの時に合わせてこちらに渡り、民たちを探し集めてきた。彼らが狭間の海を渡れる姿に変え、維持するために膨大な――君たちの生命力が必要だった」

それでここ数日、外来種の襲撃が頻発していたのか。

「じゃあ、ここ以外の『門《ゲート》』を消滅させたのは…」

「それもわたし――我々だ。多くの同胞を犠牲《ぎせい》にしたが…仕方がない。この亀裂はこちら側から無理やり開けられ固定されていた。この施設のことを君たちは『封印』と呼んでいるが、逆だ。これは、血を流す傷口をいつまでも暴き立て膿《う》ませるために造られた、酷い装置だ」

「そんな…、どうして…」

「さあ。君たちの言葉で『兵器開発』が目的だったようだ。わたしには到底理解できないが」

「――……っ」

衝撃と納得が同時に湧き上がる。

確かに、国が莫大な予算をかけて『門《ゲート》』や『外来種』の研究をしている事実に対して、そういう噂はあった。けれど悠は、自分の父や母が人殺しの一翼を担《にな》う仕事に就いているとは信じたくなかった。人の命を救うために研究を続けていると、信じていたかったから、そうした噂には耳を貸さなかった。

都合よく現実から目を逸らしていたツケが、こんな形でのしかかるとは…。

「よし。網《あみ》は解除できた」

アディーンは制御ボックスから顔を上げ、悠の背を押した。

「急げ。凪はわずか数分だ」

黒い羽たちを引き連れて『門《ゲート》』に近づくアディーンの表情が、さっきよりも苦しそうに歪んでいる。

「アディーン、大丈夫？　苦しそうだよ」

外来種たちを集めて再変換させた上、ここに来るまでに何度も隔壁を解除してきた。黒い羽たちの力だけでなく、もしかしたらアディーン本人も力を消耗しているのかもしれない。

「僕から…摂っていいよ」

悠の生気はアディーンにとって最適で、最高級の純度を保った滋養になる。これから狭間の海を渡るのなら、その前に少しでも体力と気力を補っていって欲しい。

「……すまない」

アディーンはわずかに迷ってから悠を抱き寄せ、慎重に間合いを計りながら唇を重ねた。それが生気をやりとりするために一番効率的な方法なのだろう。頭ではわかっているのに、そしてこんな状況にもかかわらず、たぶん最後の触れ合いになるかと思うと、胸がきしむほど痛んだ。

黒い羽音が響いて、刻を告げる。

そっと離れていくアディーンのひんやりとした唇を見つめながら、悠は静かに尋ねた。

「——さっき、こちら側からなら閉じることができるって言ったよね。…じゃ、アディーンたちが向こうへ還ってしまったあと、ここはどうなるの？」

「ここの亀裂は開いたままになる」

アディーンは悠に説明しながら手のひらを頭上に掲げた。黒い羽たちが一斉に舞い上がり、ゆっくり旋回したあと、次々に液体化した黒曜石《こくようせき》のような空間に身を沈めはじめる。彼らの身体はゆっくり、静かに、先端から粒子状に変容し始め、眩しいほどの輝きを放ちながら消えてゆく。

「だからあちらで亀裂を塞ぐ。こちらで使っていた封印技術を応用すれば可能になるだろう。我々が二度と流されないように。そして、もしもこちら側の人間が狭間の海を渡る新しい技術を開発しても、我々の世界に侵攻することがないように」

最後の一羽が姿を消すと、アディーンは悠に向き直り手を差し出した。

「さあ、悠」

約束通り悠を連れて行くために。けれど悠は静かに後退り、首を横に振った。

「…ありがとう、アディーン。でも、僕は一緒に行けない」

アディーンの瞳が驚愕に揺れる。

「――約束を違《たが》えるのか?」

「ちがう。そうじゃない」

そう誤解されるのだけは嫌だ。悠は即座に否定した。

「狭間の海を渡るのが怖いのか?」

悠はもう一度首を横に振った。

「行って、アディーン」

たぶんもう時間がない。

「悠、なぜだ…?」

傷ついたアディーンの瞳に責められて、悠は力なく微笑んだ。

「アディーンが向こうへ還ったあと、この『門《ゲート》』を永久に封鎖する人間が必要だから」

自分にはそれができる。子どもの頃、父の腕に抱かれながら聞いた記憶がある。扉の脇にある緊急用の遮断装置は、万が一、人の力で『門《ゲート》』を制御できなくなった場合、永久封鎖するためのものだ。

『あれがあるから、お父さんたちは安心して仕事ができる。だから悠もお母さんも安心して暮らせるんだ』

父の罪、母の罪をアディーンに償《つぐな》うために、自分にできることはそれくらいしかない。

アディーンを見送ったあと、昏倒している職員の手でカードキーを使って、操作可能にすればいい。

こちら側から機械的に『門《ゲート》』を閉じ、向こう側でアディーンたちが亀裂を閉じてしまえば、再びこちら側で開こうとしても、二度とふたつの世界が繋がることはない。

——繋げてはいけないんだ。二度と、アディーンの世界に災禍《さいか》が及んだりしないように。

公園で教えてくれた、おだやかで美しい夜と昼の国が、悠たちの世界の人間の欲望で汚され、傷つけられるのは耐えられない。

「…ごめん、アディーン」

一緒に連れて行って欲しかった。あなたの世界を見たかった。ともに生きたかった。

悠は涙を堪えて身をひるがえし、『門《ゲート》』とアディーンから離れようとした。その腕を強くつなぎ止められたかと思うと、悲痛なアディーンの呼び声が、何重にも覆われた金属の堅固なドームに響き渡った。

「悠…ッ！　駄目だ、わたしから離れるな！　君はわたしの伴侶だ。わたしたちはもう二度と離れてはいけない…！」

羽交いじめの勢いでアディーンに抱き寄せられ、強く拘束されながら、悠はうめいた。

「…伴…侶？」

うそ…だ。だって——。

「二十年前、わたしに見出されるのが遅かったせいで、わたしより早く時を過ごした伴侶が先に逝った。わたしは彼が生まれ変わるのを辛抱《しんぼう》強く待った。しかし、わたしはまたしても見出すことができず、時だけが無情に過ぎて…。それもそのはずだ。わたしの伴侶の魂は、亀裂に巻き込まれ流されてしまったのだから」

まさか、それが…、

「僕…？」

「そうだ」

有無を言わせぬ強い口調で言い募られて、気持ちが激しく揺さぶられる。まるで嵐の海に落ちた木の葉のように、流されて身をゆだねてしまいたくなる。

「でも、僕は…、父さんと母さんの罪を」

償わなければ…と言いかけたとき、悠の嘆きを切り裂くように、もうひとつの叫びがふたりの間に割り込んだ。

「バカ野郎！」

「鐵…！」

息を乱して飛び込んできた小野田鐵が、手に持ったライトを振りまわしながら叫んだ。

向けられた太陽光ライトの強い光にアディーンの腕の力が一瞬ゆるんで、悠はよろめきながら鐵の方へ振り返った。

「おまえ、本当はそいつと行きたいんだろ!?　そんなに行きたいなら、行っちまえ!!　いつも、いつも、迎えを待って待ち疲れた子どもみたいに寂しそうな顔してたくせにッ！　親の罪を償うためにって、今ここでそいつと別れて、この先ずっと生きるつもりか!?」

「鐵…」

「行けよ。行っちまえ…。あとは俺がやっておく。このレバーを下ろせばいいんだろ?」

子どもの頃から、泣きべそをかいて鐵に守ってもらっていたのは、いつも悠の方だった。

唇を食いしばり強い背中でいつも悠を庇ってくれた鐵が、今、涙を堪えながら悠の背中を押してくれる。無造作に袖で目元を拭う鐵に、悠は駆け寄った。

「鐵…、僕は」

「いいんだ。俺はユウが幸せならそれで」

悠は鐵の身体を思いきり抱きしめた。

「ありがとう…。僕、鐵のこと絶対に忘れないから——」

「俺だって」

「悠」

別れを惜しむ時間はもうない。愛しいひとの呼び声に応えて、悠は頼もしい幼なじみから離れた。

振り返り、差し出されたアディーンの手を取る。

「さあ、還ろう」

うなずいて、抱き寄せられるままアディーンの胸に身をゆだね、そのまま黒く輝く狭間の海に足を踏み入れた。

バカ野郎、行っちまえ。――…幸せになれ。

悠が羽室悠として生まれた世界で聞いた、それが最後の言葉になった。

viii

外来種の脅威が世界から去り、同時に『門《ゲート》』という、異世界との通路が閉じられてから二十五年が過ぎた。

小野田鐵は二十五年振りに再開される――いや、再開という言葉は正しくない。今日から新たに始まる〝常夜ノ国《とこよのくに》〟との国交開始記念式典に出席するため、新設の大使館に足を踏み入れた。

常夜ノ国《とこよのくに》は二十五年前、小野田鐵が十六歳だったあの夜、親友の羽室悠が外来種の王と名乗る男とともに還り着いたはずの国だ。

一度、鐵の手で完全に緊急封鎖された『門《ゲート》』は、その後再び政府研究機関によって何度も再開が試《こころ》みられたが、一度も成功しないまま時が過ぎた。その間、小野田鐵は消えた親友の思い出を胸に抱きながら、高校、大学を卒業して異世界通路開発研究所に就職した。悠が暮らしているはずの国と世界を、こちら側の人間の欲望と利益のために利用されることがないよう監視するには、その中枢《ちゅうすう》で力をつけることが一番だと思ったからだ。

おかげで四十一になる今日までに、そこそこ権力を行使できる地位に就くことができた。

そして常夜ノ国《とこよのくに》側からの接触によって再び『門《ゲート》』が開かれるとき、互いに対等な関係で国交を開始できるよう奔走《ほんそう》し、おかげで今回、こうして不可侵条約を締結《ていけつ》することができた。

今日の記念式典はその集大成。ふたつの文化と文明が初めて正式に邂逅《かいこう》を果たす。

あらかじめ全てのスケジュールが詳細に決まっているこちらの流儀と異なり、常夜ノ国の代表団はどのような地位の人物が何名やって来るのかも明かしていない。そもそも彼らがこちらに姿を見せるのも、今日が初めてになるのだ。

式典会場は迎賓館《げいひんかん》ではなく、二十五年前、小野田鐵が緊急封鎖処置を行った『門《ゲート》』の前で行われる。門《ゲート》とは名ばかりだった二十五年前とはちがい、今は文字通り巨大で立派な扉が佇んでいる。

その扉の前で、すでにこちら側の代表団は勢揃いして、新しい国交相手の出現を待っている。小野田鐵もその列に並び、静かな興奮とともに、その瞬間を待ち続けた。

「――おぉ…ッ」

人々のどよめきとともに金で縁取られた黒曜石の扉が静かに開いて、異国の風が吹き寄せはじめる。

小野田鐵は、開きつつある扉から現れ出る人物の顔を見分けようとして爪先立ち、さらに首を伸ばした。

そして思わず、自分の前に立つ国会議員と官僚を押し退けて前へ進み出てしまった。

「……ユウ……！」

うわごとのように頼りない呼び声に応えて、背が高く長い黒髪をなびかせた男の隣に寄り添っていた少年が振り向く。

「鐵」

少年――二十五年前とほとんど変わらない姿の羽室悠は、懐かしそうな笑顔と涙を浮かべ、かつて彼方《かなた》の世界に別れた幼なじみに向かって、再会の一歩を静かに踏み出した。

闇の王と彼方の愛

〝常夜《とこよ》の国〟の王は長命である。

太古の昔、月が天空に七つあった時代は誰もが皆、途方もなく長命であった。

しかしある時、七つの月のひとつが打ち砕かれて六つに減った瞬間から、人々は古代の叡智を失い、寿命も短くなってしまった。今では、かつて楽園と呼ばれた時代の記憶と智慧を記憶に留めているのは〝常夜の国〟の王と〝常陽《とこひ》の国〟の女王だけである。

王はその記憶を保つことによって民より十倍も長く生き、特別な力をいくつも使うことができた。

――それは羨まれることだろうか？

誰もが自分より先に逝ってしまう。どれほど慈しんでも、大切に想っても。どれほど皆に慕われ、尊敬され、愛されていても。彼らは必ず先に逝ってしまう。

すぐれた王の長い治世の下、民は平和で健やかな暮らしを享受している。

けれど王は孤独だった。

だから特別な技を使って、最愛の人を『王と共に歩む者』にした。

自分と同じ長さは無理だが、可能な限り寿命を延ばして若さを保つようにし、それでも肉体が衰えて死に至れば、次の肉体に生まれ変わっても記憶が保たれるようにした。『王と共に歩む者』が二度生まれ代わり、合計三つの肉体でそれぞれの一生を終える頃、王の一生も終わる。

〝常夜の国〟の初代国王の『共に歩む者』は女性で、当然王妃として遇された。それから数代あとの王のとき、初めて男性が選ばれた。彼は王を支える神官の長としてつつがなく三度の生を終えた。

王が選ぶ『共に歩む者』は、一生のうちでひとつの魂だけ。一度選べば、ふたり目はない。

王は『共に歩む者』の肉体が滅ぶと、すぐに国内を歩きまわって生まれ変わりを見つけ出す。そうして老いて亡くなればまた探し出す。そして最後はともに老い、互いに間を置かず、おだやかで安らかに命を終える。

そしてまた新しい王が生まれる。

その営みは変わることなく長く続いてきた。気が遠くなるほど長く。

当代の王アディーンが『共に歩む者』の生まれ変わりを見つけられないまま百年が過ぎ、世界のあちこちに亀裂が生じて、民の多くが異界に流されるという前代未聞の悲劇に襲われるまでは。

王は廷臣や側近の猛反対を押し切って異界に渡り、流された民たちを助け連れ戻すことにした。

王の義務として。そして、流された民たちの中に、見失って久しい自分の『共に歩む者』がいるかもしれないという、わずかな可能性に賭けて――。

i　新しい世界

生まれ変わった心地で眠りから覚めると、そこはもう悠《はるか》の故郷とは異なる世界だった。

最初に感じたのは匂い。子どもの頃キャンプ場で嗅いだことのある青草と水と、薪が燃えたあとに似ている、どこか懐かしくほっとするような匂いがした。

何度か瞬きをしながら目を開けて、最初に見えたのは天井に描かれた美しい模様。色とりどりの直線や曲線や不思議な印を駆使して描かれたそれは素晴らしい絵画のようで、見ているだけで惹き込まれる。まるで音楽か物語のように、何かを訴えかけてくる。

とてもきれい。刺繍だろうか？

もっと近くで見たくなり、身を起こしたところでようやく完全に目が覚めた。

「あれ？　どこ…、ここ？」

見覚えのない寝具。見覚えのない異国情緒あふれる天幕の中。悠は呆然とつぶやきながらあたりを見まわした。美しさに見惚れていた天井も壁も、木や石とはちがう。もっとやわらかい……素材はたぶん布だ。天井は巨大な傘のように中心から何本も放射状に線が走っている。それを追ってゆくと、数メートル離れた場所で一端止まり、そこからストンと床まで落ちている。室内の形状は円柱の上に円錐が乗った形。総合すると、自分がいる場所はどうやら大きな天幕の中らしい。

悠は視線を自分の手元にもどした。

ふんわり身体を覆っている寝具は、敷き布団も掛け布団も、何か動物の毛皮のようなものでできている。ベルベットをそのまま三センチ伸ばしたような極上の触り心地で、とても温かくてやわらかい。ベッドはキングサイズよりさらにひとまわり大きく、床から五十センチほどの高さがあり、天幕のほぼ中央に置かれている。ベッドの左右、一メートルほど離れた両脇に蜜柑箱を二つ重ねたくらいの楕円の物体がある。花瓶か置物だろうか。

自分が身につけている服はアラブ地方の人々が着ているような、シャツの裾が踝《くるぶし》近くまで長くなったシンプルな形のもので、色は白。生地は厚手だけれどやわらかく、肌に馴染んで気持ちいい。

悠は一瞬のうちにそれらを確認しながら、温かな寝具から抜け出した。とたんに肩や首筋、袖口からひんやりとした空気が染み込んでくる。思わず我が身をかき抱きながら、もう一度ぐるりと周囲を確認してみた。

「……アディーン？」

円形——正確には二十一角形だった——の天幕はたぶん十畳くらいの広さで、自分以外誰もいない。壁際には大小いくつかの箱や、何に使うのか分からない道具らしきものがきれいに並べて置かれていたけれど、大人が身を隠せそうな物陰はない。天幕の素材は羊皮紙のような色合いで、室内に照明らしきものは見当たらないけれど、四十ワットの白熱灯程度のやわらかな明るさに満たされている。

天幕の外からは風を受けた梢のような、小波《さざなみ》に似た音が聞こえてくる。

「アディーン？」

悠はもう一度、誰よりも大切で愛しい人の名を呼びながら裸足で床に降り立った。

床には寝具とよく似た素材の、きれいな模様が描かれた絨毯が敷かれている。ベッドの両脇にひとつずつ置いてあった楕円の置物は、どうやら陶製の火鉢のようだ。近づくにつれ熱気が伝わってきて、上から中をのぞき込むと上部を覆った金網の下で赤々と炭が熾《おこ》っている。

悠はそれにちらりと視線を向けてから、出口を探してもう一度天幕内をぐるりと見まわし、火鉢から離れた。とたんに冷気が肌に染み込んでくる。

どうやらここは寒い場所らしい。外に出る前に何か羽織るものを探した方がいいだろうか。

一瞬ちらりと考えたけれど、今はアディーンを見つけるのが先。悠ははやる気持ちでたぶん出入り口だと思われる、凝った刺繡が施された美しい垂れ幕をめくってみた。

そして思わず息を呑む。

「——…っ」

目の前に広がったのは一面の銀世界。

昼ではなく、満月の光に照らされた夜の世界の。

大地を覆い尽くしているそれが雪だということは、よろめくように数歩進み出た足裏に染み込む刺すような冷たさと、吹きつける冷気と匂いで分かった。そうでなければ海だと思ったかもしれない。そのくらい、青味を帯びた色合いが小波立つ海に似ていた。

海原のような平地。その彼方に見えるゆるやかな山脈。黒々とした帯状のものは森や林だろうか。

天幕はゆるやかな丘の上にあるらしく、下を見ると一段低くなった場所に、自分が今出てきた天幕より小振りなものが何十も規則的な配置で張られていた。それらの周囲にあちらでひとかたまり、こちらでひとかたまりといった具合に、影絵のように見える人々が行き来している。さっきの梢か小波のような音の正体は、彼らが発している声だった。

天幕の中に比べれば外は充分な明るさがある。けれど空にあるのは太陽とはちがう。

悠は思わず顔を上げ天空を見つめた。

「――月…だ。しかも三つ……ううん、四つもある」

空の色は紺色に近い濃い紫色。そこに、悠が見慣れていた月と太陽よりも三倍近く大きな月がひとつ、それよりひとまわり小さいのがひとつ、さらに小ぶりなのがふたつもあった。

どれも悠の記憶にある月よりずっと明るい。四つともスプーンで掬い取ったように端が欠けていなければ、そしてあれが太陽だと言われれば信じていたかもしれない。それくらい明るかった。

「惜しいな。四つでなく、正確には六つある」

前触れもなく艶めいた深みのある声がすぐ近くで響いて、悠はふり向いた。

「アディーン！」

次の瞬間、悠の身体はふわりと浮き上がり、アディーンの逞しく力強い腕で抱き上げられていた。

「こんな薄着のまま外に出たら風邪をひく」

耳元でささやかれ温かな腕に抱きしめられた瞬間、悠は、目覚めてから今までアディーンの姿が見えなくてどれほど不安だったか、そして身体が冷えてしまっていたかを思い知った。

「だって目が覚めたらひとりで、アディーンがいなくて…」

不安だったとは口にせず、代わりに首筋にすがりついて気持ちを伝えると、背中に大きな手のひらが重なりしっかりと支えてくれた。

「目覚めたとき側にいてやれなくてすまない。悠はよく眠っていたし、すぐに戻るつもりだった」

「うん…」

アディーンは僕をわざと不安にさせるようなことはしない。それが分かっているから、よけい心配になったんだ。そう言うつもりで唇を開きかけると、声を出すより早く頬に吐息が触れて、彼の唇が重なってくる。

「ん……」

それは軽いキスで、すぐに離れていったけれど、悠の不安を取り払うには充分な触れ合いだった。

アディーンが側にいてくれさえすれば、空の色が濃紫だろうと月が六つあろうと平気。

悠はまだ混乱している自分にそう言い聞かせ、アディーンの肩口に顔を埋めた。自分を抱くアディーンの両手に、より一層力が入る。その強さに疼くような喜びを感じながら。

悠を腕に抱いたままアディーンが出入り口の前に立つと、両脇に立っていた衛兵らしき男たちが無言で垂れ幕をめくり上げ、中に入ると音もなく元に戻した。さっきは前しか見ていなかったから気づかなかったけれど、そこにずっと立っていたなら今のキスも見られたはず。

そう気づいたとたん、人前でいちゃつくような真似をしたことに、急に恥ずかしさがこみ上げて頬が熱くなる。

「熱が出たか？」

まだ自分の温もりが残る寝台に連れ戻され、肩に軽くて温かな外套を着せ掛けてもらいながら、頬の赤さを隠すためにうつむくと、心配そうに眉をひそめたアディーンの手のひらが額に触れた。

「ううん。これはちょっと、恥ずかしかっただけ」

急いで否定しながら、悠は顔を上げてようやくアディーンの姿をしっかり見つめることができた。

全体的に黒い印象は変わらないけれど、あちらにいたときより余裕に満ちて安定して見える。

より艶やかに豊かになった長い黒髪が、肩や背中に流れ落ちる様は黒絹の雨のよう。身にまとう衣服も以前のような黒一色ではなく、襟や裾に美しい刺繡が施された、華美ではないが豪華なものになっている。

中に着ているのはいわゆる胴着というのだろうか、着物に似た形だけど少しちがって、上半身は身体にピタリと沿い、腰から下は足さばきがしやすいようたっぷりと生地を使ってある。その上からマントのような上着を羽織った姿は、中世の国王を描いた絵画を見ているようだ。

胴着は首まわりを保護する立ち襟の刺繡と、腰に巻いた金細工の重そうなベルト以外目立った装飾はない。その代わり空と同じ色の紺に近い濃紫の上着は、生地自体に光沢があり全体に銀糸で細かい刺繡が施されていて、見惚れるほど美しい。

こちらの金は悠が知っているものより赤味が強く、それが力強さとなって身につける者の魅力を増している。それらはすべて、アディーンが身にまとっているからこそ引き立つ威厳と繊細さだと思う。自分が着ても衣裳負けするだけで、決して同じ威厳は出ない。

自分のテリトリーに戻った豹か虎のように、しなやかな威厳と余裕を取りもどしたアディーンとは対照的に、悠の方は見知らぬ場所につれて来られた仔猫か仔犬のような気分だった。

「それであの、ここは…」

どこ？　とわざわざ訊ねなくても、見慣れない色の夜空や、そこに浮かぶ四つの月――アディーンは六つあると言ったから時間が経てば残り二つも昇るのだろうか――そして何よりも生彩と存在感を増した姿を見れば、ここが彼のいるべき本来の世界だと分かる。けれどあえて確認したかった。

「ここがアディーンの故郷、〝常夜の国〟なんだね」

僕が生まれ育った国からは遠く離れた異世界。今日から、悠が生きてゆく世界の名前だ。

「そのとおり。ようこそ、私の王国へ」

アディーンはそう言って満面の笑みを浮かべて悠の手をにぎり、もう一度、さっきより少し長いキスをしてくれた。

アディーンのこんなに嬉しそうな笑顔を見るのは初めてだ。向こうで見たのはどれも少し寂しそうで、辛そうで、苦難を耐え忍びながらのものばかりだったから。

――故郷に無事戻れて嬉しいんだね。アディーンが嬉しいと、僕も嬉しい…。

唇に甘い蜜を塗られたような気がして思わず舌を浮かせると、忍び込んできたアディーンのそれが重なって熱が生まれる。にぎりしめた指と指が絡み合い、そこからじわりと染み入るような幸福感が伝わってくる。それともこれは自分の中から生まれたものだろうか。

「悠、君を連れ戻すことができて、私が今どれほどの喜びを嚙みしめているか分かるか？」

唇を少し離して、星明かりを凝縮したような瞳でじっと見つめられながら、吐息が触れる距離でささやかれると、悠の頬はさっきよりさらに熱くなり、照れくさくて思わず視線を逸らしてしまった。

「悠？」

重ねて問われて視線をもどすと、アディーンが心配そうに小首を傾げている。悠はあわててにぎり合ったままの手にぎゅっと力を込め、コクリとうなずいた。

「分かるよ。僕も同じくらい嬉しいから」

言葉だけでは上手く伝わらない気がして、悠は少し身を乗り出し自分からアディーンの唇にキスをした。そのまま行為が深みにはまる前に素早く身を離し、気になっていたことを訊ねてみた。

「あっちで黒い羽の姿になって『門《ゲート》』に消えた人たちは、無事こっちにたどりつけたの？」

他にも訊きたいことは山ほどあるけれど、まずはアディーンが危険を冒して助けに行った〝常夜の国〟の民たちが生還できたのか知りたい。何しろアディーンの腕にしっかり抱かれ、自分でも強くしがみついて『門《ゲート》』に足を踏み入れたところで、悠の記憶は途絶えている。長い夢を見たような気もするけれど、アディーンの言う『狭間の海』を越える間のことはなにひとつ覚えていない。目覚めたときはもうこちら側にいた。

「ああ。皆無事に戻ることができた。悠のおかげだ、感謝している」

「僕はなにもしてないよ。でもよかった。みんな無事で」

心の底からほっとして胸を撫で下ろすと、アディーンは何か言いたげに唇を動かしかけて止め、気を取り直したように悠の頭を愛おしげにひと撫でしてから立ち上がった。

「とりあえず、まずは着替えをすませよう」

外に比べたら春のように温かい天幕の中で、悠はアディーンが衣裳箱から取り出してくれた服を身に着けた。形は基本的にアディーンと同じだけれど色は対照的な白系で、刺繍は赤味の強い金糸。

「ちょっと、派手じゃないかな…？」

鏡に映った自分の姿を見たとたん、悠は気後れしてアディーンに救いを求めた。

誂《あつら》えたように似合っているアディーンと違い、自分の場合は明らかに服に着られている気がする。

けれどアディーンは目を細め、蕩けるようなやさしい笑みを浮かべて大丈夫だとうなずくばかりだ。

「とてもよく似合っている。悠以上にその衣裳が似合う人間など、この世のどこにもいない」

その声が本気で褒めているのが伝わってきて反応に窮《きゅう》し、悠は視線を鏡の中の自分に戻した。

大きな衣裳箱の蓋の内側に張られた鏡は、悠の世界のものより透明度が高く奥行きがある。そこに移っている自分の姿は、身に着けているきらびやかな服を除いて特に変わったところはない。

実は『狭間の海』を渡ったことで髪の色が変わったり、顔立ちが変わったりするんじゃないかと、少しだけ心配していたけれど、杞憂だったようだ。鏡の中には見慣れた自分の顔がある。アディーンのように艶と存在感が増したということもなく、突出した魅力があるわけでもない。多少整っているとはいえ、線が細くて頼りなさそうな、変わり映えのしない顔立ち。

「馬子にも衣裳って、こういうのを言うのか…」

「どうした、何か気になることでも？」

無意識に小さな溜息を吐いていたらしい。アディーンが心配そうに顔を覗き込んでくる。悠は急いで顔を上げ、「なんでもない」と首を横にふった。

「アディーンは前、『狭間の海』を渡ると存在が不安定になるって言ってたから、僕の姿も変わるのかなぁって、ちょっと思ってた。でもそんなこと全然なくて――」

「私がしっかり守っていたからな」

「守ってなかったらどうなっていたの？」

「こちら側で生まれていた場合の、本来の姿になっていただろうな」

「え…!? それってどんな？」

そういえば『門《ゲート》』をくぐる前に、僕はアディーンの伴侶だと言われた。伴侶とは、王と対《つい》の運命の下に生まれた者だと。それが具体的にどういった存在なのかは分からないけれど、どうやら自分は元々こちらの住人として生まれるはずだったらしい。

自分がアディーンの運命の相手だと言われて、すごく嬉しくてほっとしたことは確か。だから余計気になる。自分がこちらで生まれていたらどんな姿だったのか。

背伸びをするように爪先立ってアディーンの顔を見上げると、アディーンは不思議に微妙な表情を浮かべた。どうやら言うべきか否か迷っているらしい。

「教えて。知りたい」

純粋な好奇心を伝えると、アディーンは一瞬の沈黙の後、「私以外の誰かからうっかり聞いてしまうよりマシだろう」とつぶやいて教えてくれた。短い間に様々な可能性を予測して判断したのだろう。

「たぶん、髪は長く色は薄い金か銀だっただろう。瞳は緑か青。肌の色は白くて、背は今の悠よりもっと高かったはずだ。エクセンシアの化身と褒め称えられる端正な容姿で、手が届かないと分かっていても懸想する者が後を絶たない」

「エクセンシアて？」

「二番目に大きな月の名前だ」

「…ふうん。それだと、まるっきり別人になってしまうね」

さっき見た、冴え冴えとした銀色のかすかに紫がかった美しい月の姿を思い出しながら、思わずぼやきのようなつぶやきが洩れる。

「そう。だからあちらでの姿を保持できるよう、しっかり守った」

言葉の意味をとらえかねた悠は、アディーンをじっと見つめ、肯定してもらうためにあえて訊ねた。

「アディーンは、この姿の方がいいの？」

「もちろんだ。――けれど、もしも姿形が変わったとしても、私が君を愛していることは変わらない。君という存在を」

臆面もなく宣言して大きく広げた両腕に抱き寄せられて、悠は身体の中心からあふれて広がる温かな幸福感に包まれた。まるで酒に酔ったように、ふわふわと足許が覚束ない。異界の存在とはいえ、ひとりの人間にこれほど全面的に自分という存在を認められ、愛され、肯定されるということがどれだけ喜びをもたらしてくれるのか、本当の意味で初めて理解できた気がする。

「僕も…」と答えて、悠は照れ隠しのために話題を変えた。

「立場が逆になったね。前は僕が服を用意してあげたっけ。こんな豪華なものじゃなかったけど」

初めてアディーンに会った夜、悠が用意した着替えは部屋着のスウェットパンツとシャツだった。

「そうだな。今度は私が用意する番だ」

そう宣言したアディーンの勧めに従って、悠は厚い靴下と長靴《ブーツ》を履き、手袋を嵌《は》め、襟巻きで首筋をしっかりガードしてから、アディーンに手を引かれる形であまり深く考えずに改めて天幕を出た。

月光がさっきより明るさを増している。そう思った瞬間、朗々とした声が響きわたった。

「常夜の国の王にして六つの月の守護者アディーン陛下と、王の伴侶にして世界の修繕者たる大神官長ハルカ様が無事ご帰還なされた！」

感極まった声と同時に、目の前に集まっていた数百を超える人々が、アディーンと自分を中心に何重もの半円を描いて跪《ひざまず》き、いっせいに頭《こうべ》を垂れた。さっき、一段下の場所で影絵のように蠢《うごめ》いていた人々だ。よく見ると全部で二千人近いだろうか。そこから押し寄せる歓迎と崇拝の気配に圧倒されて、思わず後退りかけた悠の背中をアディーンの腕がしっかり支える。

「アディーン…」

「大丈夫だ」

すがるように見上げた視線をやさしく受け止めてもらい、ほっと息を吐くと、自分たちから数歩離れた列の一番前、真ん中にいた人物がタイミングよく顔を上げて声を響かせた。

「皆の者、待ちに待った寿《ことほ》ぎの時がついに来たれり！」

その声を合図に、頭を垂れていた人々が顔を上げ口々に喜びの声を迸らせてゆく。

「お帰りなさいませ！　陛下、ハルカ様！」

「ご無事で何よりです」

「お待ち申し上げておりました！」

「伴侶を無事連れ帰られたとのこと、お喜び申し上げます」

「ほんによくうございました！」

「この日をどれほど待ち焦がれたことか…！」

歓声の多くはアディーンに向けられたものだったけれど、その中の何割かは悠自身に対してだった。

「これで各地の綻びも修繕され、この国も再び平和を取り戻せるでしょう」

「綻び？」

いきなり褒め称えられたことにはもちろん驚いたけれど、その単語がなぜか妙に気になって、言った本人ではなくアディーンを見上げて訊ねてみた。アディーンは「あとで説明する」と視線で答え、人々に向かって厳《おごそ》かに手を上げた。とたんにざわめきがぴたりと静まる。

「皆の者の言うとおり。我と『共に歩む者』である大神官も無事目覚めたゆえ、まずはこの地の亀裂の封印作業に入る。各自持ち場に戻って準備を進めるように」

まさに王者の威厳。低く艶のある声は大声を出している印象などないのに、あたり一面に深々と広がってゆき、アディーンがわずかに腕を上げて丘の麓の一点を指し示しただけで、万事心得た様子の人々が動き出す。彼らが向かっている先が、どうやら『亀裂』のある場所らしい。向こうで最後の『門《ゲート》』だった場所。鐵が封鎖してくれたはずの——。

「悠」

名前を呼ばれてふり向くと、亀裂に向かった人々とは別に自分たちの側にはまだ二十名ほどの人間が残っていた。半数は制服のような揃いの装束を身に着けて、姿勢がよく、隙のない雰囲気をしているから護衛かもしれない。残り半分は、悠やアディーンの服ほどではないけれど重厚で手の込んだ刺繍が施された衣服を身にまとい、指輪や豪華な飾り帯をしているから、身分の高い貴族といったところだろうか。凝視しすぎて失礼にならないよう気をつけながら考えていると、気づいたアディーンが教えてくれた。

「紹介しておこう。彼は闘神官《とうしんかん》の長《おさ》テジャス。今日から悠の近衛士長となる。私がそばにいないときは、代わりにこの男が君を守ってくれる。気配を消して影に徹することもできるし、悠が望めば話相手にもなってくれる」

アディーンの紹介に合わせて頭を下げたのは、背が高くて姿勢の良い三十代後半と思しき男性だった。髪は長いけれど、頭のうしろできっちり束ねているので清涼感がある。全身をすっぽり覆うマントの下は動きやすい胴着とズボンだ。マントには遠目にも分かる大きな紋章が刺繍されている。

『とうしんかん』という言葉がよく理解できなかったが、質問する前に次の人物を紹介されたので、疑問はあとでまとめて確認することにして向き直る。

「この男は護神官《ごしんかん》の長エレトレア。となりは治神官《ちしんかん》の長ヘルダール。そのとなりが書神官《しょしんかん》の長アルシノエ。彼らとはこれからも頻繁に顔を合わせることになるだろうから、名前を覚えておいてくれ。青い外套の彼は内務大臣のアル・ムカンナァ、となりは評定大臣のメイウェザー」

アディーンが名を呼んで紹介するたびに、厳めしかったり柔和だったり無表情だったり微笑んでいたりする、壮年から初老の男たちの仰々しいお辞儀とともに敬意を示されて、悠は戸惑いながら精一杯の感謝を込めて会釈を返していった。アディーンの声や表情から、彼らが皆アディーンの信頼を得てその手足となり、補佐している存在だろうと予想できたから。

自分よりずっと年上の相手に会釈で返したのは、最初に彼らと同じくらい深々と頭を下げようとしたらあわてて止められたからだ。

「陛下の伴侶であり、神官たちの大長《おおおさ》であるハルカ様が頭をお下げになるのは、陛下の姉君である陽《ひ》の国の女王陛下以外にはおりませぬ」

自分の親よりも年嵩の内務大臣に言われた悠は、アディーンを仰ぎ見た。アディーンがその通りだと肯定のうなずきを返したので、分不相応な扱いに対する居心地の悪さを、ぐっと堪《こら》えて大臣たちからの最敬礼を受け止めた。丁重に扱われるのはあくまでアディーンの意向によるもので、自分自身にそこまでの価値があるとはとても思えない。むしろ、自分が何かヘマをすればアディーンの迷惑になるに違いない。

悠はきゅっと歯を嚙みしめて気を引き締めた。

「陛下、確認作業は終わりました。側に近づかれても危険はありませぬ」

豊かな白髭をたくわえた賢者風の内務大臣が一歩近づいて恭《うやうや》しく頭を下げると、アディーンは「そうか」とゆったりうなずいて、悠に視線を向けた。

「悠にもひと働きしてもらうことになる。頼んだぞ」

「へ…？」

突然の展開に驚きつつ、悠は差し出された彼の手をにぎり、二十名の側近と一緒に丘を下りはじめた。歩きながら疑問をひとつひとつ訊ねて、答えてもらう。

『綻び』や『亀裂』というのは、あちらの世界で『門《ゲート》』と呼ばれていたもので、修復する必要がある。常夜の国では昔からときどき空間に綻びができ、そこから異界の侵襲者がやってくる。

彼らを斃《たお》すには特別な力が必要で、その力を持った者を闘神官と呼ぶ。治神官は異界の侵襲者によって負わされた傷や病を治癒する力を持つ者。護神官は侵襲者の攻撃から自分と対象者を防護する力を持っている。

「書神官は？」

「記憶力にすぐれ、この世のすべてを記録保管する者たちのことだ」

なるほど。要するに神官というのは特別な能力を持った人々の総称で、能力ごとに役割が決められているわけだ。王がいて大臣がいて神官たちがいる。なんとなくアディーンが治める国の姿が、ぼんやりとだけど分かった気がする。

「それで、さっき言ってた『神官たちの大長』っていうのは…？」

聞き違いだったかもしれないけれど、自分に向かってそう言った大臣がいた。まさかと思うけれど一応確認しておいた方がいい。そう思って訊ねてみたけれど、答えてもらう前に麓についてしまった。

「う…わぁ」

さほど大きくない丘を下りてたどり着いた場所はまさしく『亀裂』だった。雪が除けられた十メートル四方の剝き出しの大地の中心が、陽炎《かげろう》のように揺らめいている。陽炎、もしくは湧き出す黒煙と言うべきか。地面から縦二メートルほどの高さまで、鉤裂《かぎざ》きのように空間がよじれている。

見ていると不安になるその揺らぎを前にしたとたん、疑問は後まわしになった。

まずはこれを何とかしないと。そう思ってあたりを見まわすと、近くに煉瓦《れんが》のような切石が何十個も積み重ねられた山がいくつもあった。煉瓦のようなと言っても一個の大きさはひと抱えほどもある。

こんな一面の雪景色の中、どこから調達したんだろうとあたりを見まわすと、悠が今下りてきた丘の麓を掘り返した穴が見えた。今も多くの人々がせっせと掘り起こして運び出している。

「なんだか、ピラミッドの一部分を解体して築材を流用するみたい」

独り言のように悠がつぶやくと、隣に立ったアディーンがそのとおりだとうなずく。

「この丘は古代から『守護の丘』と呼ばれていたんだが、名前の由来は誰も知らなかった。墓や遺跡というわけでもないのに切石を積み重ねてあった理由も。しかし今回ようやく判明した。この切石の山は亀裂を封印するためのものだったのだ」

アディーンの言葉に周囲の重臣や護衛たちは納得した表情を浮かべているが、悠の頭の中は疑問だらけだ。古代と呼ばれる大昔から、今日このときに合わせて切石が準備されていたんだろうか。予言、未来予知。おそらくこちらの世界では、そういうことが普通に受け入れられているんだろう。

悠はそう自分を納得させると、腕まくりしながら切石に近づいた。

「それで、この石を運べばいいの？」

ひと働きしてもらうと言うからにはそれ以外考えられない。切石をつかんで持ち上げようとしたとたん、苦笑したアディーンに止められた。

「いやそうじゃない。悠には石に祝福を与えて欲しい」

「祝福？」

小首を傾げながら切石の山の脇に連れて行かれると、そこにはぶ厚い織物を畳んで作った即席の椅子が用意され、側には例の火鉢まであった。勧められるままそこに座り、手順を説明してもらう。

「この石は亀裂の封印に使う。これにひとつひとつ触れて『祝福を与える』と言えばいい。声に出してもいいし、心の中で念ずるだけでもいい」

「え…、それだけ？」

「そう。だが悠にしかできない大切な仕事だ」

悠はアディーンを見て、それから周囲に待機している厳かな面持ちの重臣たちや、さらにそのまわりに控えている何百もの人々の期待に満ちた表情を見て、もう一度アディーンに視線をもどし、「なぜ」とか「どうして」と疑問を口にするのを止めて素直にうなずいた。

アディーンが僕にしかできないと言うなら、そうなんだろう。理由はあとで聞けばいい。

そう自分を納得させ、さっそくひとつ目の石に手のひらを当てて目を閉じ「祝福を与える」とささやいた。その瞬間、脳裏にふっ…と小さな花の姿が浮かび、それが石の表面に刻み込まれた気がした。

「あ…」

目を開けてみても実際には何も刻まれた様子はなく、石にはなんの変化もない。

当たり前だ。そう思いながら横に立って見守っていたアディーンを見上げると、アディーンは悠が触れた石を検分するように持ち上げ、側にいた数人の重臣たちに向かって満足そうにうなずいて見せた。アディーンから石を受けとった重臣たちも納得したように重々しくうなずいてから、運び手に渡す。どうやら合格らしい。ほっとしていると「次を」と促され、悠はあわてて二個目に触れた。それからしばらくは、一心不乱に石に触れ「祝福を与える」作業に没頭することになった。

作業の合間にはときどき休憩が入り、そのときには温かいお茶とソフトクッキーのような丸くて白いお菓子——もしかしたら菓子ではなく主食だったかもしれない——をもらった。お茶はほのかに花のような草のような香りがしたけれど、菓子の方は特にこれといった特徴がなく、どちらかといえば砂糖を入れ忘れたマシュマロのような、食べた瞬間肩すかしを食らう類のものだった。それでも空腹は満たされ元気になったので、味に関する感想は控えた。

「疲れたか？」

並んで座ってお茶を飲んでいたアディーンに訊ねられ、悠は「ううん」と首を横に振った。

「僕は座ってるだけだから。石を運んでいる人たちに比べたら全然平気」

切石は若く体力のある人々の手によって次々と運ばれ、要所要所に立った重臣たちの指示に従って整然と積み重ねられている。雰囲気的には曼荼羅とかケルトの組み紐紋様とかアンコールワット遺跡に似ている。亀裂を囲むように切石で四角と正円が描かれ、積み重ねられていくと、空間の揺らぎが次第に小さくなってゆく。五つあった切石の山すべてに悠が祝福を与え終わり、積み上げられた切石によって亀裂のあった場所が覆い尽くされ、小さな塚が完成する頃には、天空にあった大きな月はいつの間にか沈んで、代わりに別の月が昇っていた。昇っている月の種類で、微妙に空気の色が変わる。

最後にアディーンが、あちらの世界で犠牲になった人々の鎮魂のため、悠には聞き取れない不思議な言葉で歌のような抑揚のある美しい詠唱を行い、ようやく封印作業は終わった。

天幕に引き上げるときも天幕に戻ってからもアディーンは常に悠の傍らにいて、まわりの人々もそれが当然という態度だった。

温かな天幕に戻り、アディーンに手伝ってもらって、目覚めたときに着ていたのとはちがう寝間着に着替えてベッドに入ると、とたんに強い眠気に襲われた。堪えようとしても欠伸《あくび》が出て、まばたきのつもりで閉じたまぶたがなかなか上がらなくなる。こちらの世界についてアディーンに聞きたいことが山ほどあるのに。そう思いながらくっつきそうな目をこすると、アディーンの胸に抱き寄せられて横たわり、暖かな上掛けに包まれて意識が溶けてゆく。

「こちらに来たとたん大仕事をして疲れたんだろう。今日はゆっくり寝《やす》むといい」

やさしい声と、額に受けたキスに見送られて、悠は深くおだやかな眠りに落ちた。

ii　神殿と転移の座

翌日――という言葉が〝常夜の国〟で適切なのかどうか分からないけれど、便宜的にそう表現することにした。こちらの人々は太陽ではなく一番大きな月デュナミスが昇ると活動をはじめ、沈むと休息時間になる――悠が目覚めると、悠が起きるまでとなりに横たわり寝顔を見つめて待っていたらしいアディーンに微笑まれ、はにかみながら軽い唇接けを交わして一緒にベッドを下りた。

悠が手を上げて伸びをしている隙に、アディーンが枕元の脇机から持ち上げた小さな鐘《ベル》を鳴らすと、音もなく出入り口の幕が上がってふたりの人間が現れた。悠はあわてて欠伸をしかけていた口を覆い、寝間着の皺を伸ばして居住まいを正す。

「これから悠の身のまわりの世話をしてもらうルーンデルペルゾとアヌリオスだ。分からないことは何でも遠慮なく聞くといい。ルーンデルペルゾは教育係も兼ねているから少し厳しいことを言うかもしれないが、アヌリオスは歳が近いからいい話し相手になってくれるだろう」

アディーンに紹介されたふたりの従者は、どちらも滑らかな動きで深々と頭を下げた。

「誠心誠意お仕えさせていただきます。長くて呼びにくければルンデルとお呼びください」

そう告げたルンデルは五十絡みの年齢で、雰囲気はひと言で言うなら英国紳士風——いや、英国執事風だろうか。やわらかいのにぴしりとしている。きっちり一ミリのズレなく畳まれた柔軟剤仕上げの高級布のようだ。

「僕の呼び名はアヌで結構です。何事も遠慮無くお申しつけください」

そう言ってにこりと笑いかけてくれたのは、悠より三つか四つ年上のアヌリオスだ。褐色の肌に長い手足と器用そうな指を持ち、黒い瞳がきらきらと輝いている。動きが軽やかで物音をほとんど立てず、側を通っても空気のゆらぎすら感じない。それはルンデルも同じで、そうした端正な所作は貴人の従者に選ばれる重要な項目だと、あとでルンデル自身に教えられた。

「ふたりで足りなければいくらでも増員する」

「とんでもない！」

アディーンの申し出を悠はあわてて止めた。

「ふたりもいたら充分だよ」

ひとりも要らないとはさすがに言えなかった。とりあえずしばらくの間は。服の着方ひとつをとってもまだよく分からないし、知りたいこともたくさんある。『従者』には馴染みがないけれど、お手伝いさんならあちらの世界でも世話になっていたから、食事や掃除などを助けてもらう人だと思えば、それほど抵抗はない。何よりも、アディーンが僕のためによかれと思って手配してくれたのだ。

悠はそう考え、ルンデルとアヌに向かって会釈――本当は深々と下げたかったけれど、さっき大臣相手にも頭は下げすぎるなと止められたので気持ちだけ――して彼らの存在を受け入れた。

「こちらに来たばかりで不慣れなことが多いですが、よろしくお願いします」

挨拶をすませるとふたりの従者はてきぱきと働きはじめ、悠は彼らの指示に従って数回座ったり立ったりしただけで、他には何もする必要がなかった。寝間着の上から分厚いのに雲のように軽い毛皮らしき素材の上着を着せ掛けてもらい、折りたたみの椅子に座ると、やはり折りたたみ式のテーブルの上に、たちまち色とりどりの料理が載った朝食の盆が用意された。

それをアディーンとふたりで摂る間、ふたりの従者は給仕に徹している。

「ルンデルとアヌの食事は？」

「彼らは先にすませている」

そう訊いて安心すると、高級レストランで給仕されているようなものだと自分に言い聞かせ、あとはあまり気にしすぎないよう食事に集中することにした。――……集中せざるを得なかった。

昨日は菓子らしき軽食とお茶で腹を満たし、夕食を食べる前に寝てしまったので、こちらの世界で本格的な食事を摂るのは、これが初めてになる。盛りつけは美しく、見た目は悠の世界の食べ物とあまり変わらない。ただ、野菜の形は見慣れないものばかりだし、味の予想もつかなかった。

「こちらが麵麭《パン》になります。雪山羊《やぎ》の乾酪《チーズ》を塗ってお食べください。こちらは雪牛の燻製肉のリリコス巻と雪鶏の蒸し肉でございます。スープは花豆と人参を茹でて漉したもの」

悠が料理にひとつひとつ視線を向けるたび、ルンデルが給仕をしながら丁寧に名前と食べ方を教えてくれる。悠はいただきますと手を合わせてから、まず最初に雪牛の燻製肉のリリコス巻を口にした。

「……」

食感は悪くない。昨日の砂糖を入れ忘れたマシュマロみたいな菓子に比べれば、きちんと歯ごたえがある。野菜と肉に似た食感もする。けれど味がほとんどない。匂いも、注意深く探ると微かにするような気がする…という程度。

昔、何かの本で読んだことがある。人は目を閉じて匂いも感じられない状態で物を食べると、ジャガイモとリンゴの区別すらつかないと。今の悠はまさしくそんな気分だった。目で見て食べ物だと理解しているからまだ大丈夫だけれど、目をつむったまま食べていたら、蝋細工の乾麺に毛織りの切れ端を巻きつけたものだと言われても信じたかもしれない。それくらい味気ない。

「どうした、口に合わなかったか？」

向かいの席に座り様子を見ていたアディーンが心配そうに首を傾げる。よほど微妙な顔をしてしまったらしい。悠は急いで口の中のものを咀嚼《そしゃく》して飲み込むと、盆の上に並んだ様々な容器を検分しながらアディーンに訊ねた。

「味が…ほとんどしないんだ。狭間の海を渡るとき、味覚器官が駄目になっちゃったのかな？」

アディーンは「そんなはずはない」とつぶやいてから、何か思いついたように目を細めた。

「私があちらの世界にいるとき、食べ物を一切口にできなかったことを覚えているか？」

「うん」

いろいろ勧めてみたけれど、匂いを嗅いだだけで無理だと断られた。水ですら駄目だった。だからアディーンの世界では食べるという行為ではなく、空気や植物から直接エネルギーを得るのかと思っていたから、昨日お茶と菓子をもらったときは驚いた。

「食べられなかった理由は、あちらの食べ物は我々にとって非常に刺激が強すぎたからだ」

「刺激？　水でも？」

「そうだ。別の言い方をするなら『荒い』とでも言うのだろうか…。水だと言われた液体も、匂いだけで刺すような刺激があって、とても口にできなかった。だから…もしかしたら、悠にとってこちらの食べ物は、私があちらで感じたのと逆に、刺激が少なすぎるのかもしれない」

要するにマイルドすぎるってことか。

説明を聞いた悠は、アディーンの顔から目の前の盆に視線をもどして考え込んでしまった。

「……塩とか、砂糖とか胡椒とか、調味料とかはないの？」

遠慮がちに訊ねながら、別の疑問がふと浮かび上がる。食べ物の味よりもっと切実な問題だ。

「ねえ、たった今気がついたんだけど…。昨日から僕、アディーン以外の人とも普通にしゃべってるよね。アディーンは向こうで僕と出会ったとき、最初は少しも言葉が理解できなかったのに。どうして僕はこっちに来てすぐに言葉が通じるわけ？　アディーンはともかく昨日の大臣とか神官たちとか、ルンデルやアヌも」

「簡単だ。狭間の海を通るとき、私が少し細工した」

「細工？」

「翻訳機能だ」

「つまり、僕が日本語をしゃべると、みんなにはこちらの言葉に変換されて聞こえるってこと？」

そして彼らの言葉は、悠が理解できる語彙に変換されるということか。

「そのとおり。直訳でなく意訳に近いから似ていれば同じと判断される。例えばこちらの世界で『兎』と言えばこういう姿をしているが、もちろんあちらの世界にいる『兎』とは別の生き物だ」

アディーンはそう言い、ルンデルがそつなく差し出した書物を開いて、美しい挿画《イラスト》を見せてくれた。

そこには見たことのない、たぶん文字だと思われる美しい模様の連なりと、垂れた長い耳を持つ生き物が描かれていた。耳が長く垂れているという以外は兎というよりカンガルーに近く、大きさは拳大から大型犬くらいまで、さまざまな種類がいるようだ。

悠は思わず分厚い書物を受け取り、食事中ということも忘れて見入ってしまった。どうやら百科事典のようなものらしい。見開きで一項目になっているらしく、ページをめくるごとに様々な挿絵が現れる。絵に添えられた美しい模様のような文字に意識を向けると、その部分の意味がぽんと思い浮かぶ。まるでマウスカーソルを合わせるとダイアログボックスがポップアップするみたいに。

「すごい…。ええと『胴長鼠《どうながねずみ》。希少種。主に秋の森に棲息している竜の眷属《けんぞく》。一年に一度脱皮をして、その抜け殻は良質な毛皮として利用されている』――…竜で脱皮で毛皮？　『石螢《いしほたる》。産地は夏。灯火として用いる。食糧はミムリの蜜』――ミムリって、もしかしてこっちの言葉？」

「その通り。翻訳に相応するものがない場合は、単語はそのまま伝わる。ただし、悠が聞き取れる発音に変換されてだが」

そういえば最初に教えてもらったアディーンの名前も、正確に聞きとることも発音することもできなかった。ということは、アディーンが施してくれた翻訳機能は悠の耳や声帯といった肉体を改造したわけではなく、もっと別の原理で作用しているらしい。

「脳？」

「いいや。もう少し精妙な部分だ。あちらの世界で人々が『星気体《アストラルたい》』と呼んでいたものに近い」

「へぇぇ…」

すべてが理解できたわけではないけれど、なんとなく雰囲気はつかめた。

「その辞書は悠のために用意したものだ。あとでゆっくり見てみるといい。それよりも今は食事に専念しないか？　せっかくの料理が冷めて…――ああ、そういえば味の話をしていたんだったな」

そうだ。悠は名残惜しい気持ちで本を閉じてアヌに手渡し、懸案である『味のしない食事』に注意を戻した。食感自体に問題はないから、塩と砂糖があればなんとかなるんじゃないか。そう思って訊ねると、アディーンは思案気に目を細めてから残念そうに首を横にふった。

「こちらでは、いわゆる『調味料』という概念はない。基本的に食べ物は素材の組み合わせで味が変わるから、その違いを楽しむんだ」

その説明に悠は呆然としつつ、アディーンの顔から卓上の料理に視線を落とした。

「……ということは、慣れるしかないってことだよね」

確か『郷に入っては郷に従え』という古い慣用句があったはずだ。『習うより慣れろ』という言葉も。

悠は覚悟を決め、えいやっと気合いを入れて盆の上の料理を平らげていった。


文字通り味気のない朝食が終わると、昨日と同じようにアディーンの手を借りて服を着替え外に出た。とたんに、待ちかまえていたように、ルンデルとアヌとは別の従者たちが現れて荷物がまとめられ、天幕も速やかに粛々《しゅくしゅく》と畳まれて、移動がはじまった。もちろん他の人々も全員一緒に。

「どこへ？」

「ここから半日ほどの距離にある神殿だ」

悠の問いに答えたアディーンは慣れた様子で歩きはじめた。膝丈に積もった雪原を移動するのは大変だと思ったが、こちらの人々は徒歩での移動が普通なのだろうか。

先頭に立った集団が雪を踏みしめて作った道を皆で歩いてゆく。雪原を進む悲壮さはみじんもなく、まるで春の野原を散策するような浮き浮きとした雰囲気に包まれている。そのせいか悠の気分も明るくなり、足取りも軽くなった。

出発のときちょうど山の端にかかっていた一番大きな月が中天にきた頃、一行は神殿に到着した。

神殿は美しい建物だった。真珠か固めた雪で作ったようなきらめきを放つ柱や壁面が、複数の月の光を浴びて青白く輝いている。六角形の台座に六本の支柱、その上にドーム型の屋根が乗っている。

台座の大きさは直径三メートルほどで、中央に祭壇のようなものがあるだけで、他にはなにもない。吹きさらしのはずなのに、床には一片の雪すら見当たらない。

「悠、こちらへ」

呼ばれて差し出された手をにぎり、悠はアディーンと一緒に数段の階段を上って小さな神殿内に足を踏み入れた。そして言われるままに中央の祭壇らしきものに近づき、黒曜石でできた丸鏡のような石板にアディーンと並んで手を置く。アディーンが何か詠唱する。亀裂を封印したときのものに似ているけれど、抑揚がちがう。今度はなんの儀式だろうと思いながら神妙に聞き入っていると、詠唱が終わり、周囲に待機していた神官たちがざわりと身動《みじろ》いだ。

「静かに」

神官たちのざわめきはアディーンのひと言で消えたけれど、逆に悠は落ち着かなくなった。アディーンがもう一度さっきの詠唱をくり返す。けれど何も起こらない。今度は神官たちだけでなく、神殿を取り巻いて成り行きを見守っていた人々までがざわめきはじめる。

「陛下…」

たまりかねたような声をかけられてアディーンがふり返ると、各神官長と大臣たちが心配そうな顔で王を取り巻き、小声でひそやかに話しはじめる。

悠は小さなその輪からやんわりと遠ざけられた形になった。アディーンの庇護がなければ簡単に弾き出されてしまう。こちらに来てから初めて感じた疎外感に心細くなり、悠は必死に聞き耳を立てて会話を聞き取ろうとした。

「悠さまの…」「大神官長なのになぜ――」「まさか力がない？」「いや、石への封印は確かに…」

途切れ途切れに聞こえた言葉に、心臓がヒクリとしゃくり上げるように飛び跳ねた。

なんとなく覚悟はしていたけれど、どうやらこの問題は自分に原因があるらしい。

「どうしよう…」

祈るような気持ちで両手を胸の前でにぎりしめ、重臣たちに囲まれて難しい顔をしているアディーンを見つめると、視線に気づいたアディーンがこちらを見た。そしてふっと表情をゆるめて側近たちの輪を割り、目の前にやって来て肩を抱き寄せてくれる。それだけで、さっきまで感じていた押し潰されそうな不安がきれいに消えてゆく。

気づかないうちに震えていた指先を、そっとにぎりしめてくれたアディーンが、側近たちに向かってなんでもないことのように告げた。

「転移の座が動かぬのなら、歩いて移動すればいいだけのこと。ちょうど国内巡幸の時期でもあった。順路は逆になるが問題はない。ルシリウス、雪山羊たちと橇《そり》の手配を。オルセインは先発隊を出して旅に必要な物資の確保と、王の巡幸を報せるように。アル・ムカンナァ、旅の仕度が調うまではここで過ごす。天幕を建てるよう皆に伝えよ。護神官は防壁を頼む」

次々と指示を出したアディーンは、最後に人さし指をくいと曲げて闘神官長のテジャスを呼び寄せ、「悠から決して目を離さぬよう頼む」と、改めて念を入れた。

それらのやりとりに悠が口を差し挟む余地はない。なにしろ自分はこの世界のことをまだほとんど知らない。何が危険なのか、何に気をつけなければいけないのか分からないのに「護衛なんて必要ない」とはとても言えない。たとえ慣れない状況で緊張を強いられるとしても、それくらいは我慢しなければ。万が一にもアディーンに迷惑がかからないように。

「…って、迷惑はもうかけてるのかな」

本天幕の準備が調うのを待つ間、手早く広げた簡易天幕の中で茶を飲み、軽食を摂るよう勧められた悠は、アディーンの袖口を引いて小声で訊ねた。

「さっきの黒い丸鏡に手を置いたとき、本当はどうならないといけなかったの？」

アディーンは小さな煎餅のようなものにクリームやジャムらしきものを塗って悠に手渡してから、答えてくれた。

「あれは『転移の座』といって、こちらの世界の移動手段のひとつだ。悠が生まれた世界でいえば『飛行機』とか『電車』とか『車』みたいなものだが、それよりずっと効率がいい。ただし、動かせる者が限られている」

「……それってもしかして、アディーンと」

僕？　と、声は出さずに自分を指さすと、アディーンがそうだとうなずく。

「でも動かなかった」

僕のせいだよね、と言う前に「悠のせいではない」と訂正された。

「決して悠のせいではない。原因は私にある。――……私のせいだ」

そう言い重ねたアディーンの目は夜の海のように底知れず、今ここにいる悠ではなく、過ぎ去ってしまった遠い過去に思いを馳せているように見えた。だから悠はこのとき、それ以上この件について追及することができなかった。


「ルンデルさん、ちょっといいですか？」

「はい。なんでしょうか悠さま」

雪原に広げた本天幕を、居心地よく調える作業が一段落した頃合いを見計らって声をかけると、打てば響く素早さでルンデルが近づいてきて、椅子に座った悠の前にうやうやしく片膝をついた。同じ仕草でもアヌにはどこか気安さと親しみやすさがあるのでなんとか耐えられるけど、ルンデルに傅《かしず》かれるとどうにも落ち着かない。それはたぶん、彼の洗練された身のこなしや奉仕を受けるに足るものが、自分にはないと思い知らされるからだ。

とはいえ、それについては後まわし。今はもっと重要なことがある。

「教えて欲しいことがあるんです」

アディーンは執務用に張られた隣の天幕に出向いているためここにはいない。悠は転移の座についてでも教えてもらえなかったことを、ルンデルから聞き出すことにした。ただし、いきなり聞いてもアディーンに口止めされているかもしれないので、まずは昨日から溜まっていた疑問をぶつけてみる。

「昨日、僕が大神官長だと言われた気がするんですが、それは本当ですか？」

「はい。悠様は正真正銘、大神官長であらせられます」

そこまできっぱり言いきられてしまうと、「まさか」とか「僕がどうして」とか訊ねるのも申し訳なくなってくる。悠は一度目を閉じて自分を納得させてから次に進むことにした。

「では、大神官長というのはどんな役割があるんですか？」

ルンデルは悠が勧めた椅子に腰を下ろすと、滑らかな口調で話しはじめた。

「その名のとおり、闘護治書の四神官たちすべてを統《す》べる大長《おおおさ》であり、王の伴侶です。王の伴侶は『王と共に歩む者』とも呼ばれており、王の治世になくはならない存在です。存在そのものが世界の理《ことわり》を整え、人々の心を慰め、安寧に導きます」

人の平均寿命はほぼ百年だが、王だけは千年近くある。そして王は、その長い一生の間にひとりの『王と共に歩む者』を見出す。見出され選ばれた『王と共に歩む者』は、神官を統べる大長として特別な力を持ち、王には及ばないものの、他の人間より寿命が延びて三百数十年ほども生きる。肉体が衰え臨終を迎えると間を置かず生まれ代わり、ふたたび王に見出されて伴侶となる。肉体は変わっても宿る魂は同じ。本来なら記憶も途切れず保持している。

「記憶…。僕は『大神官長』だと言われました。アディーンにも『伴侶』だと言われました。でも、僕には前世の記憶なんてありません。僕は本当に『伴侶』で『大神官長』なんでしょうか？」

何かのまちがいだったりしないのか。

「もちろんです。陛下が間違われるわけがありません」

ならばどうして転移の座が動かなかったのか。

アディーンは、原因は私にあると言い張っていたけれど、どう考えても原因は自分にあると思う。

不安に揺れる悠の問いに、ルンデルは血が赤いのは常識だと言わんばかりに、あっさりと言いきる。

「伴侶を見分けられるのは王だけ。王が選んだ者が、すなわち『王と共に歩む者』であり大神官長となるのです。例外はありえません」

「じゃあ、転移の座が動かなかった理由はなんだと思いますか？」

「……」

初めてルンデルが言い淀んだ。

分からないのか、分かっているけれど口止めされて言えないのか。彼の表情からは推測できない。

悠がじっと見つめていると、ルンデルはようやく思いついたらしい理由を口にした。

「――国内には、まだいくつも『綻び』がございます。それらの影響かもしれません」

「僕のせいじゃないんですか？　例えば、僕が生まれ変わる前のことを何も覚えてないせいとか」

ほんの数日前まで自分はただの高校生だった。他人への影響力など微々たるもので、長がつくものといえば、学級長と副生徒会長をやったくらい。学級長は成績の優秀さで選ばれたようなものだし、副生徒会長は一年のとき書記として真面目に活動していたら指名されただけで、幼なじみの鐵《てつ》のように人望が篤かったわけではない。

それが突然別の世界にやって来て、王の伴侶だとか大神官だとか言われても、正直まだ受け止めきれない部分が多い。それでもアディーンの期待には応えたかった。アディーンだけでなく、彼を慕う多くの民や廷臣たちの期待にも応えたい。自分に何か特別な力があるのなら、それを彼らのために使いたいと心の底から思う。

アディーンがあちら側で、『外来種』呼ばわりされていた民たちを助けて連れ帰ってきたように、自分も、自分に求められている役目を果たして、この国の人々を助けたい。

悠は昨日目覚めた瞬間から、一国の統治者とほぼ同等の扱いを受けている我が身の美しい衣裳と、天幕内の重厚な調度を見つめて小さく息を吐いた。

「悠様のせいではありません。どうか、あまりお気に病まれませぬよう…。悠様が憂い顔でいらっしゃると、陛下が心配なさいます」

困惑しつつも慰めようとしてくれるルンデルの声に、悠はあわてて顔を上げた。

「あ、はい。そうですね。アディーンに心配かけるのは駄目ですね」

アディーンもルンデルも違うと言ってくれる。けれどそこは鵜呑みにしちゃいけない。

――もし僕に原因があるなら、ちゃんと突き止めて改善していかなければ。

悠は両手のひとさし指で自分の口の端を押し上げ、笑顔を作りながら心の中でそう決意した。

iii　王都への旅

雪山羊は、山羊というより象に近い。もさもさとした毛が密集した巨大な生き物だ。

その背にくくりつけられた大きな箱形の座席に腰を下ろして驚いたのは、ずんぐりとした小山のようなこの生き物が、とても滑らかに移動するという事実だった。上下にも左右にもほとんど揺れず、すべるように歩いてゆく。

四十頭ほど集まった雪山羊にはそれぞれ御者がいて、背にくくりつけた箱型の座席にそれぞれ分乗しているのはアディーンと悠、各神官長、重臣たちだけで、他の人々は雪山羊が引く大型の橇に乗って旅をする。ひとつの橇は五十人がゆったり座れるくらい大きく、折りたたみ式の幌がついているので、風がなければ幌を外して月と星を眺めながら進める。なかなか風雅な旅路だ。

平地を選んで進む旅は、悠が最初に覚悟したよりもずっと快適だった。寒さはしっかりした防寒着のおかげでほとんど気にならない。天幕で休むときも、暖を取る燃料は常に潤沢に用意され、寒くて困ったということがない。王の天幕だからこその贅沢かと心配したが、そんなこともなく、燃料となる薪や石炭はどの天幕にも充分に支給されていた。

一面雪に覆われた『冬』の領土に落ちる影は、青い色をしている。なだらかな丘陵地帯に点在する森までもが青い影に見えた。時々風が吹くと積もった雪が舞い上がり、月明かりを受けてきらきら輝きながら流れてゆく。それがふたつ三つと合流しながら旋回して、最後にふわりと地面に落ちる様は、まるで銀色の聖霊が互いに走り寄り、再会を喜んで踊っている姿のようだ。

その雪の色も、天空に昇る月の種類で微妙に変わる。一番大きなデュナミスが出ているときは紫がかった青。デュナミスがいなくて二番目のエクセンシアが大きな顔をしていると翠がかった青、といった具合に。

旅がはじまると、すぐに音楽が流れ出した。橇に乗った人々が手持ちの楽器で演奏し、美声の持ち主が静かなものから賑やかなものまで、ときには情感たっぷりに、ときには軽やかに歌い上げる。歌詞は歴代の王を讃える賛歌から、伝説の英雄と姫君の恋詩、市井《しせい》の素朴な暮らしぶりを面白おかしく描写した歌、そしてやはりこちらの世界でも、歌といえば男女の恋歌が一番多く好まれているようだった。

旅がはじまって十日ほど過ぎた頃だろうか、悠は初めてこちらの世界の集落を目にした。

永遠に冬が続く土地で暮らすというのはどういう人々なのだろう。悠が興味津々で身を乗り出すと、さりげなく腕をまわして抱きとめながらアディーンが教えてくれた。

「ラギムの邑《むら》だ」

ラギム邑は全部で五十戸ほどで、家の形は単純な方形で、となりには洩れなくお椀型のカマクラもあった。家の素材は石と木。貯蔵庫だというカマクラの方はもちろん雪を固めた氷だ。

「ラギム邑の人々は雪山羊を飼育して暮らしている。雪山羊の乳で乳酪《バター》や乾酪《チーズ》を作り、毛を紡いで様々な織物を織る」

悠たちが騎乗している雪山羊もこの邑で飼育しているものだという。もちろん悠やアディーンが身につけている防寒着や、天幕で敷いている絨毯、寝台の毛布などにも雪山羊の毛が使われている。

膝を折った雪山羊の背からアディーンの手を借りて地上に降り立つと、五十戸全部から出て待ち構えていた邑人たちの、熱烈な歓迎を受けた。皆が口々に王の無事の帰還と訪問を言祝《ことほ》いでいる。

「陛下が異界に流されてしまった民を救出するために、自ら『狭間の海』を渡るという危険を冒したことは、国民すべてが承知しております。皆、本当に心配していたので喜びもひとしおなのです」

そう教えてくれたルンデルもそのひとりなのだろう。口に出さなくても、アディーンを見つめる瞳の色を見れば分かる。

闘神官や護神官たちがさりげなく、けれど万全の警護体勢で取り囲む中、アディーンは邑人ひとりひとりに慈愛に満ちた笑みを向け、声をかけられると軽くうなずいてみせた。邑人たち全員が涙を流さんばかりに喜んでいる。彼らの歓喜と歓迎の視線がアディーンだけでなく、なぜか自分にまで向いていることに気づいて悠は戸惑った。彼らの言葉で一番多かったのは「ついに」とか「ようやく」といったもので、自分が――というよりアディーンの『共に歩む者』が、常夜の国の民たちにも切望されていたことがひしひしと伝わってくる。

悠を傍らに寄り添わせたアディーンが邑の中央にたどりつくと、そこで簡単な儀式のようなものがはじまった。まずは、橇に乗ってここまで一緒に旅をしてきた人々の中からひとりが進み出て、嬉し涙を浮かべ両手《もろて》を上げて飛び出してきた家族と再会を果たす。悠の世界に流されて『外来種』と呼ばれ、アディーンによって連れ戻された人々のひとりだ。

悠の目の前で邑長から王に対する謝辞と祝辞が奏上され、アディーンから労《ねぎら》いの言葉が返された。そのあと十歳から十五歳くらいの少年少女が十名ほど、両親に背を押されて王の前に進み出ると、アディーンは彼らひとりひとりを見つめて「親継《しんけい》」とくり返した。進み出た少年少女全員が「親継」と言われ終わると、両親たちはほっとした表情を浮かべたが、少年少女たちの中にはがっかりした様子の者もいる。

小首を傾げた悠に目敏《めざと》く気づいたルンデルが、影のように斜めうしろからささやいた。

「これは陛下の大切な仕事のひとつで『評定』と申します。子どもたちが将来就くに最もふさわしい職業を視《み》たのです」

〝常夜の国〟の子どもは十歳から十五歳の間に、必ず一度は王の評定を受けることになっている。評定は今回のように王が巡幸した先で直接受けられる幸運な場合もあるが、ほとんどは王都に出向いて数百人から千人近い集団で受けることが多い。王は広場に整列した子どもたちの集団と、それに対応した名簿を見ながら次々と彼らの能力を見定め判断を下してゆく。元は、闘神官や護神官といった特別な能力を持つ子供を見つけるために制定された儀式だという。神官の能力は遺伝ではなく、出現には法則性がなく完全にランダムなのに、力の有無を見抜けるのは王しかいないからだ。

「各神官の能力は、王の祝福を受けて初めて顕現しますから、どうしても直接陛下が見出す必要があるのです」

そうしなければ書神官のすぐれた記憶力も、闘神官の攻撃力も護神官の防衛力も、ただの潜在能力で終わってしまうのだという。

〝常夜の国〟の人口がどれくらいか分からないけれど、すべての子どもたちにというのは結構大変なんじゃないだろうか。などと考えていたら、邑で一番年嵩らしい老婆が、生まれたばかりの嬰児《みどりご》を抱いて目の前に進み出たので驚いた。

「大神官長様にも祝福をいただけないでしょうか？」

おずおずと捧げ物のように嬰児を差し出された悠はひくりと息を呑み、助けを求めてアディーンを見上げた。祝福って、どうすればいいの？

アディーンは腰をかがめて悠の耳元に唇を寄せ、睦言《むつごと》をささやくように耳打ちした。

「石に与えたのと同じ要領だ。額に軽く触れて、この子の一生に幸多からんことを…と祈ってやるといい」

悠は小さくうなずいて、言われたとおり指先で嬰児のなめらかな額に指をそっと置き、この子の一生が幸せであるようにと祈りを捧げた。石のときは花だったけれど、今度は小さな星のような光が子どもの額に吸い込まれた気がする。目を開けると、嬰児は手を動かして何かをつかむような仕草をしていた。老婆は感極まったように声を震わせて礼を言う。思わずアディーンを見ると、大丈夫だと言いたげにうなずかれた。老婆の後ろにずらりと並んだ邑人も、自分たちを見守っている重臣たちも、ルンデルもアヌも、みんな満足そうにうなずいている。

——よかった…。ちゃんとできたんだ。

安心したとはいえ、今ひとつ実感が湧かないまま老婆の謝意に笑みを返すと、他にも祝福を与えて欲しいと訴える邑人が何人かいたので、悠は同じように祈り、祝福を与えることをくり返した。

その間アディーンはずっと横にいてくれた。そして、その場にいる誰もが王と悠が寄り添い立つ姿に感激し、嬉しそうな幸せに満ちた笑みを浮かべて見守り続けていた。

その夜。大小複数の月がすべて地平の彼方に沈んで、天空を彩るのが粉砂糖をまぶしたような星だけになると、悠はアディーンに誘われて天幕を出た。どこに行くのかと思ったら、天幕から少し離れた場所で、小山のように身を丸めて眠っている雪山羊のところだった。

アディーンは慣れた仕草で裾の長い衣服を優雅にたくし上げ、雪山羊の脚をまたいで灰白の毛に覆われた腹のあたりに身を埋めると、手を伸ばして悠を招いた。

悠は唖然としたものの、やわらかそうな腹毛に埋もれたアディーンがあまりに心地良さそうなので、見よう見まねで大きな脚を乗り越え、アディーンの隣に滑りこんだ。

「うわ…、ふわふわ…！」

背中の毛よりはるかにやわらかい綿《わた》のような毛に顔を埋めて思わず笑みを浮かべると、そのまま雪山羊の腹部に埋めこまれる勢いでアディーンに押し倒され、キスされた。

「ちょ…アディ……んっ…」

背後から抱きしめてきた腕の力は強く、一見有無を言わせぬ強引な仕草に思えたけれど、アディーンはちゃんと悠の反応を見ながら行為を進めている。キスする前も悠の目を見て同意を求め、服の前をゆるめて胸に手を差し込んだときも、悠が身を強張《こわば》らせると動きを止め、覚悟を決めて身体の力を抜くまで待ってくれた。

雪の上に寝そべって丸まった雪山羊の腹部は、最上級のベッドのようにやわらかく温かく、恋人たちの交合を静かに受け止めている。

「怒らない…？」

自分の身体の上で人間たちに愛の営みを始められたら、さすがに気分を害するんじゃないか。

「大丈夫だ。雪山羊たちは馴れてる」

「…馴れてる、ってことは、僕たちが初めてじゃないってこと？」

「考えてもみるがいい。こんなに素晴らしい寝床を自分の家に用意できる民はあまりいない」

──なるほど。《冬》の地の人々にとって眠る雪山羊の胸や腹は、極上の寝具ということか。

そう納得しつつも少し申し訳なく感じる。けれど温かな毛並みに包まれてアディーンの愛撫を受ける心地良さには抗えず、悠は雪山羊とアディーンに抱かれて、小さく悦びの声を上げた。

『秋』の領土は青と白銀と黒の『冬』色から一変して、目も眩《くら》むような鮮やかな紅葉の世界だった。赤と黄とオレンジと茶色、たまに常緑の緑。赤と一口に言っても無限の種類があるのではないかと思うほど、あらゆる種類の木々がさまざまな赤色だ。ベルベットのような赤、ルビーのような赤、母がたまに塗っていたマニキュアのような赤もある。もちろん黄色もオレンジ色も茶色も、同じように無数の彩りで世界を覆っている。

昼の明るさではない、かといって悠が生まれた世界の夜とも違う。独特の青味を帯びた月明かりの下で、木々を彩る紅葉は溜息が出るほど美しい色合いを見せてくれる。

「きれいだ…」

降り積もった枯葉の上を歩きながら、悠はうっとりとつぶやいて梢を仰ぎ見た。

一番大きな月デュナミスの光が、色づいた葉の間からちらちらと瞬く。足下の枯葉は悠が歩くたびにシャクシャクという軽い破砕音が響いて楽しくなる。枯葉を踏みながら歩いていると、つい子どものように爪先を蹴り上げてしまう。他人目を気にして控えめに小さく。常に注目の的であるアディーンや自分の立場とか、大神官長としての立ち居振る舞いや作法を教えてくれているルンデルの目がなければ、山積みにした枯葉の中に思いきり飛び込みたいくらいだ。

「枯葉の山に飛び込みたいと思っているな」

「！　どうしてわかった？」

驚いてふり返ると、アディーンはとろけるような甘い瞳でこちらを見つめて微笑んでいる。「どうして？」ともう一度訊ねてみたけれど、アディーンは笑みを深くしただけで答えてはくれない。代わりに一行に小休止を命じ、悠が集めた枯葉の山に飛び込むのをやさしく見守っている。

アヌは目が落ちそうなほど驚いていたし、ルンデルもアディーンに「やめさせた方が…」と注意していたけれど、アディーンはかまわないと言って好きにさせてくれた。悠は久しぶりに大声を上げて笑った。

その夜、夢を見た。

父と母がいて、みんなで朝食を食べて家を出て、途中で鐵と合流して一緒に登校する、ただそれだけの夢。なのに目が覚めたら懐かしくて泣きたくなった。

目に映るもの、何もかもが以前とはちがう。僕はもうあの世界には帰れない。父と母、それに鐵とも二度と逢えない。分かっているから、よけい懐かしくなってしまう。日本にいたときを偲ぶものも何もない。そう気づいたとたん胸がきゅっと引き絞られたように切なくなって、グスンと鼻をすする。

「どうしたんだ？」

隣で目を覚ましたアディーンに訊ねられ、悠はあわててにじみかけた涙を隠した。

「なんでもない」

「なんでもないのに、どうしてそんなに悲しそうな顔を？」

頬に手を添えて顔を覗き込んでくるアディーンの瞳には、本気の心配でゆらめいている。だから悠も素直に自分の気持ちを伝えることにした。

「ちょっと、ホームシックになったみたい」

「里心《さとごころ》がつく、というものか」

「うん。別に…こっちが嫌で帰りたいわけじゃなくて。本当に、ただ懐かしくなっただけだから…。せめてこっちに来るとき身に着けていた服とか、靴があったらなぁ…って、ちょっと思っただけ」

悠がそう言うと、アディーンは少しだけ考え込んでから身を起こし、寝台を降りて天幕の隅に向かった。そこに置かれた大小いくつもの荷物に近づくと、小さいけれど立派な鍵つきの箱を取り上げて戻ってくる。

「ここにある」

「え？」

驚いて目を瞠ると、アディーンは悠の前で箱を開けて見せてくれた。

丁寧に内張された箱の中には、あの日着ていた服一式と靴、それに時計と携帯がきちんと畳まれて、それぞれ紗布に包まれて入っていた。

まるで古代の遺物を保管しているような仰々しさだが、それがアディーンなりの気遣いであり、悠のものなら何でも大切にするという気持ちの表れだ。そう気づいたとたん、それまで堪えていた涙が一気にあふれ出て、ボロボロとこぼれ落ちてゆく。

別れを告げてきた故郷への懐かしさもある。けれどそれ以上に、自分を愛してくれている人のやさしさに胸が熱くなって我慢できない。悠は保管されていたコートを抱きしめて顔を埋めた。

「悠？」

アディーンが動揺している。悠が喜んでくれると思って渡したのに、予想が外れて泣き出したから。

「だ、大丈…夫、だか…ら…、ありがと…っ」

悠はしゃくり上げながら、懸命に感謝を伝えようとした。

本気で困っている愛しい人に、早く教えてやらなければ。涙は悲しいときに出るだけじゃない。

嬉しくてたまらないときにも出るんだって。でも、しばらくは涙が止まりそうにない。

「悠、泣かないでくれ。君に泣かれると、どうしていいか分からなくなる」

日本を懐かしんで泣くのはこれで最後にするから。

仕方なくそう開き直って、気がすむまでコートに顔を埋めて涙を染み込ませた。丸めた背中をそっと撫でてくれる、アディーンの温かな手のひらを感じながら。

こちらの世界は、悠が生まれた世界とはまるで違う。乗り物を使って移動し続ければ、いつかは家に帰り着ける地続きの外国でもない。自然の法則からして違う異世界だ。

けれどここにはアディーンがいる。

悠にとって一番大切なことは、それだけだった。

散々泣いて腫れてしまった目が、なんとか落ちついて人前に出られるようになった午後。

アディーンが後ろ手に近づいてきた。

「いいものを見せてあげよう」

差し出された手元をのぞき込むと、ひと抱えほどもある毛玉の塊がモコモコと動いている。

「なに？」

もっとよく見ようと顔を近づけたとたん、それは突然するりと解けて、襟巻きのように首に巻きついてきた。

「う…わっ…わわ…！」

見た目は母が使っていたフォックスファー…、いや、小さいけれど手足があるからイタチとか貂《てん》とかだろうか。長さだけなら大型の蛇くらいある。蛇と違うのはふかふかの毛に覆われていることと、小さいけれど手足がちゃんとついていること。顔はどちらかというと齧歯類《げっしるい》に近く愛嬌がある。

キュキュッと小さな声で鳴きながら悠の頬に顔を寄せ、鼻をヒクヒクさせて匂いを嗅ぐ姿が、

「可愛い…」

つぶやいて、思わず頬ずりしてしまう。極上の肌触りの毛並みに既視感を覚えて顔を上げると、アディーンが教えてくれた。

「胴長鼠は脱皮する。それを縫って繋げて毛布にしたり外套にするんだ」

それを聞いて安心した。こんなに可愛い生き物の命を、毛皮を得るために奪うのは間違っていると思うから。悠はその日ずっと、可愛い胴長鼠を首に巻きつかせたままで過ごした。弾けるような笑みを浮かべてはしゃぐ悠を見て、アディーンも今度こそ慰め作戦が成功したと安堵したらしい。

その日の午後いっぱい、国王が満足そうな表情で伴侶を見守り、共に仲睦まじく過ごす姿を、廷臣や神官たちも嬉しそうに見守り続けたのである。

その小さな事件が起きたのは『秋』が終わりに近づいたときだった。

旅の進路はアディーンが決めている。悠はまっすぐ王都に向かっているのかと思っていたけれど、ときどき進路を逸れて蛇行しているので不思議がっていると、可能な限り街や邑に立ち寄って評定を行うためだと教えられた。

王と大神官を戴いた旅の一行が通過する道筋は、まるで祝祭のように華やいでいる。美しい縫い取りのある旗が家々の戸口に掲げられ、いたるところに花が飾られ、妙なる音楽が鳴り響く。しばらくして、銀線を千本もかき鳴らしたような美しい音色が突然止まったかと思うと、道の向こうで複数の悲鳴が上がった。

何事かとふり向いた悠の視線は、即座に取り巻いた護神官と闘神官たちの二重の人垣でさえぎられ、騒ぎの原因がなんであるのか見ることはできなかった。常夜の国の人たちは平均して背が高い。大人なら女性でも大抵一七〇センチを越えているし、男性は低くても一八〇、多くは一九〇近い。アディーンも一九五センチくらいある。背が高くてもひょろりとした印象がないのは、高さに見合った体格とバランスのよさがあるからだ。

「〝侵襲者〟だ！」

近くで誰かが叫ぶ声が聞こえた瞬間、悠はわけもなくビクリと震えた。がっちり自分を囲んで護る神官たちのわずかな隙間から、剣を携えた闘神官が何人か駆けてゆく姿がちらりと見える。

悠はもう一度ぐるりと視線をめぐらせ、自分を護る護神官と闘神官たちの垣根を見つめながら、小さな震えが止まらない自分の両手を強くにぎりしめて胸を押さえた。胸が嫌な具合に高鳴って、冷たい汗がじわりと滲み出す。

「憑《つ》かれたのは大工のガンダらしい」

「そういや、少し前から様子が変だった」

「まだ日が浅いはずだから、闘神官様が〝侵襲者〟を祓《はら》ってさえくだされば元に戻る」

街の住人の、心配と不安と恐怖がないまぜになった声を聞きながら、悠はもう一度大きく震えた。

〝侵襲者〟という言葉と、騒ぎの元から伝わってくる禍々《まがまが》しい気配にひどく動揺している。なぜか分からないけれど恐い。とてつもなく。

「悠、大丈夫か？」

恐怖のあまりその場にしゃがみ込む寸前、力強い腕で肩を抱き寄せられて心の底から安堵した。

「アディーン…」

「何も心配しなくていい。私がついている」

今にも抱き上げられそうなほど両腕で強く抱きしめられて、悠は無意識につめていた息を吐いてアディーンの胸に頬をうずめた。

「どうしてか分からないけど、すごく恐いんだ」

「——ああ。分かってる。しかしもう大丈夫だ。ほら、もう闘神官が祓い終わった」

「本当…？」

「ああ。だが、恐いなら無理に見る必要はない」

アディーンはそう言って、悠がゆっくり休めるよう街の迎賓館につれて行ってくれた。

居心地よく調えられた客間でアヌに淹《い》れてもらった茶を飲んでひと息つくと、さっき、まるで幽霊を恐がる幼児みたいにアディーンにしがみついてしまった自分が恥ずかしくなる。過ぎてしまえば、自分がどうしてあれほど侵襲者という存在を怖れたのか分からない。

「あれ？　でも…」

思い返してみると、アディーンは何か事情を知っているような口ぶりだった。

ふたりきりになったとき訊いてみよう。確かにそう思ったはずなのに、なぜか悠はその件を忘れてしまい、次に思い出したのは王都に着いてからだった。

その後の旅は、悠が予想したよりすこぶる順調だった。

王の国内巡幸を知った人々が、毎日入れ替わり立ち替わり現れては食料や衣類、天幕など必要品を用意してくれるので、何ひとつ不自由なく、困ることもない。まるで毎日がＶＩＰ待遇の観光旅行か、優雅な散策のようだ。『秋』の移動には馬が用意されていた。馬といっても、もちろん翻訳された言葉なので、実際の姿は悠が知っている馬とはちがう。体格はサラブレッドよりひとまわり大きいくらい。姿はボルゾイに似ている。全体の印象は優美な流線型で、長めの体毛がさらさらと風にそよぐ様はなかなか壮観だ。

皆はそれぞれ直接騎乗したり馬に引かせた馬車に分乗している。悠は乗馬の経験があったので、たまに騎乗しつつ、基本的には馬車に乗って旅を進めた。移動時間の大半は、教育係のルンデルや書神官長のアルシノエから国の歴史や神話を聞いたり、大神官長としての務めを果たすのに必要な知識を身につけるための勉学に費やされた。前世の記憶がすっかり抜け落ちているため、悠が覚え直すことは膨大で、一朝一夕でなんとかなる量ではない。十年二十年かけても危ういという状態だ。

「本格的な勉強と修行は王都についてからはじめればよい。この旅の間はあまり根をつめず、景色や民との交流を楽しむようにすればいい」

アディーンはそう言ってくれたけれど、悠の無知っぷりを知るたびに頭を抱えかけては、意思の力で動揺を表に出さないよう努力している書神官長の柔和な困り顔を見ると、甘えてもいられない。

元々真面目な性格のせいもあるけれど、勉強に集中している間は正体の解らない不安を忘れていられたからだ。悠は食事のあとも文字の読み書きを練習したり、翻訳機能に頼って書物を読むことが増えた。寝台に入っても目が冴えて眠れないときは、石螢を入れた角灯に布をかけて明かりを絞り、アディーンを起こさないように気をつけて本を眺めたりした。

しばらくそうしていると背後で身動ぐ音がして、少しかすれたささやき声が聞こえる。

「眠れないのか？」

悠は焦ってふり向きながら、目を細めて長い黒髪をかき上げているアディーンに謝った。

「あ、ごめんなさい。眩しかった？」

「いや。ただ、悠が眠れないのに自分だけ寝ているのがつまらなくてな」

アディーンはしなやかな動きで身を起こし上着を羽織ると、悠にも上着を着せて天幕の外に誘い出した。そのまま、皆が寝静まった夜の森をそぞろ歩く。他人目がないのをいいことに——といっても、目立たないよう身をひそめた護神官が必ず身辺の安全に気を配っていたけれど——アディーンとふたりで手をつないで歩く。それは秘やかで悪戯めいた、楽しいひとときだった。


アディーンが連れてきてくれた胴長鼠は『秋』の終わり、『夏』に入る直前に出産をして、直径一センチ、長さ一メートル程度の紐みたいな子どもを一匹産んでどこかへ行ってしまった。生まれたての子どもは悠の首に巻きついたまま離れようとしない。

「どうしよう…」

母親の突飛な行動に戸惑って助けを求めると、アディーンは小さく笑った。

「悠を養い親にすると決めたんだろう。その子も悠を気に入ってるようだし、連れて行って育ててやるといい。胴長鼠はどの季節にも順応できるし、頭もいい。人には滅多に慣れないが、一度懐けばずっと側にいてくれる」

そう言って、餌は何を与えればいいのかなど、育てるときの注意点を教えてくれた。

アディーンはたぶん、悠が向こうの世界を思い出して寂しくなったとき、慰めになるものを与えたかったのだろう。口には出さないけれど、なんとなくそんな気がした。

悠は毛糸を編んだ紐みたいな子どもに、ナーガという名前をつけて可愛がった。正式名はナーガルージュナ。インドの蛇神の名だ。

『夏』の領土に入ると厚い上着に別れを告げ、薄くて涼しい服に衣替えをした。目に入るのは鬱蒼と茂った濃い緑と、色鮮やかに咲き乱れる花々。渓流が涼しげな水音を響かせ、悠は毎日一度は水浴びをして過ごした。渓流には夕方になると石蛍が現れる。石蛍は昆虫というよりどちらかというと鉱石に近い生き物で、暗くなると全身が光る。餌を与えられれば大人しくじっとしているので、常夜の国では照明として利用されているそうだ。大きさは十円玉くらいで、形はテントウムシに似ている。それが色とりどりの淡い光を放つ姿は美しく、悠はときどき手のひらに乗せて、宝石のような石蛍にうっとりと見入った。そんな悠の姿を、アディーンはともかく、神官や廷臣たちまでもが嬉しそうに、愛おしさを含む眼差しで見つめていることには気づかなかったけれど。

水浴びと夜寝るとき以外は悠の首を棲処《すみか》と決めたらしい胴長鼠の子どもナーガは、『夏』の領土に入ってしばらくすると綿毛のような体毛が抜け、スパンコールによく似た淡い虹色に光る乳白色の鱗が現れて、蛇そっくりの姿に変わってしまった。

「『夏』以外の領土に入れば、また毛が生えてきます」

澄まし顔でそう教えてくれたのはルンデルだ。病気だろうかと心配し、泣きそうになりながら相談した悠は安心して、小指から親指の太さに少し育ったナーガの鼻先を指先でちょんとつついた。

「よかった…。びっくりさせないでよね」

悠の首にゆったり巻きついていたナーガは、喉奥でキュッと鳴いて上半身を少し持ち上げ、悠の指先を捕まえようと、爪楊枝みたいに細くて小さな両手をわきわきと動かして、見る者の笑みを誘った。

『夏』を過ぎて『春』の領土に入ると、ルンデルが言った通りナーガには再びふわふわとした羽毛のような毛が生えてきた。気候も、ナーガを首に巻いていてちょうどいいくらいになった。空気には萌え出《いず》る新緑の芳しい香りが満ち、咲く花の姿も夏のような力強い美しさではなく、恥じらう少女のような可憐なものが多くなる。

旅の間中、アディーンは王としての姿を皆に示し続けた。それは子どもたちの潜在能力を見分ける『評定』だけでなく、荒れた天候を宥め、凶暴化した獣を安らがせて、本来の姿を取り戻させることまで含まれている。常夜の国はどこも溜息が洩れるほど美しかったが、ふいにそれが途切れることがある。まるで美しい絵画がそこだけ剝落したように。

アディーンは時々旅の進路を変更して脇道に逸れ、問題が起きている地域を的確に見つけて解決していった。邑や街など、人が住む場所の被害なら報せが届くからだと分かるが、人など住んでいない森閑とした山間などでも、アディーンは驚くほどの正確さで問題に気づく。それが王の力なのだと、悠は眩しいような気持ちでアディーンの堂々とした姿を見つめた。

川の氾濫や土砂崩れなど、災害が起きるほどの悪天候は本来なら有り得ない現象だという。旅の間は遭遇しなかったけれど、他にも樹木の立ち枯れや虫の大量発生などもあるらしい。

傷を負った土地の近くには例外なく綻びか亀裂が生じている。悠はアディーンとともにそこへ赴き、『冬』の地でしたのと同じ封印作業を行った。『秋』では二回、『夏』では一回、そして『春』の地でも二回あった。

「世界はおだやかに安定しているものなのです。ですが、百年ほど前から世界に綻びが生じて亀裂が生まれ、そこから〝侵襲者〟がやってくるようになって均衡が崩れ、時おり思いもかけない災害が起きるようになりました。王はそれを防ぐことのできる唯一の御方なのです」

転移の座が使えなくてもさほど困惑することなく、徒歩——馬車や馬や雪山羊も使っているけれど——で国内を縦断することにしたのは、大神官長が長らく不在だったことに加え、異界に流された同胞を救うために王が不在だった間に、荒れてしまった国内に安寧をもたらす意味もあるという。

「そして王が十全な力を発揮するには、『共に歩む者』の存在が不可欠なのです。悠様、大神官長であるあなたの存在が——」

いつもは落ちついていてあまり感情を露《あら》わにしないルンデルの声には、長い間大神官の出現を待ちわびていた国民の総意のように、秘めた熱が込められている。

「王都に帰還した暁には、大神官長としての務めを果たしていただけるよう、改めて学んでいただかなければならないことが大量にありますが、どうか尻込みせずに立ち向かってください。もちろん私どもも万全の態勢で補佐させていただきます」

「…はい」

課せられた責任と期待の重さと大きさに圧倒されかけた自分に活を入れながら、悠はコクリとうなずいた。自分はただアディーンと離れたくなくて常夜の国に渡る決意をした。それなのに予想外に重要な役割を背負わされた戸惑いは確かにある。けれど…。

これまで旅してきた間に立ち寄った街や邑で、アディーンと一緒に大神官として祝福を与え、綻びや亀裂を封印するたびに、人々から寄せられた感謝と喜びの気持ちが、責任の重さに耐える強さを与えてくれる気がする。

それは、日本で単なる高校生として生きていたときには決して得られなかったものだ。

今ではアディーンと一緒に並び立ち、人々に喜びと安心を与えられることが少し誇らしい。

——正直に言うなら、すごく嬉しい。大好きなアディーンだけでなく、たくさんの人の役に立てるということは、こんなにも心が軽やかに、そして豊かな満足感が得られるものなのかと、自分でも驚くほどだった。

iv　王の都の神の樹

長い時をかけた旅の終着点である王都は、美しい円形の都だった。

チェス盤のように規則正しく建物が配置され、道はまるで蜘蛛の巣のようにほぼ等間隔に張りめぐらされている。建物の多くは黒曜石によく似た艶やかな黒色の石材が使われ、要所要所に赤味の強い金が装飾に使われていた。石材は黒だけでなく濃紺や濃紫、濃緑もあり、道を舗装している石畳は白色が多い。そのせいで、遠目に見たときチェス盤に思えたのかもしれない。

王と大神官の帰還に都の人々は大いに沸き立ち、王の行列をひと目見ようとこぞって大通りにくり出していた。その数は十万を軽く超えていたはずなのに、悠の世界のような喧騒や混乱は一切なく、小波のような歓声と歓迎の声はどこまでもおだやかだった。

建物の二階や三階から花びらが撒《ま》かれ、都大路《みやこおおじ》は香りのいい樹の葉と花で覆い尽くされた。王城に至るその道を、悠はアディーンの横に並んで歩いた。ふたりで同時に同じ石畳を踏んで前へ進んでゆく。公式の場では王が先に立ち、たとえ王妃であろうとも横ではなく半歩下がって歩くイメージがあったので、高さは違えど完全に肩を並べて歩くことに悠は驚いた。

そして同時に、これが『王と共に歩む者』と言われる所以《ゆえん》なのだと理解したのだった。

半日ほどかけて到着した王城は、無数の尖塔の連なりで形作られたドーナツ状の建物群だった。塔はどれも黒水晶の垂直クラスターに姿が似ている。側まで来ると天辺は見上げても見えないほど高く、いったい何十メートルあるのか見当もつかない。建物はどれも大きすぎて全体像を把握することすらできない。宮殿内には玉座の間や大小無数の広間をはじめ、客間や廷臣たちの居室、執務室などが星の数ほどひしめきあっている。

材質は磨いた金属のようでもあり、硝子質《ガラス》の鉱石のようでもある。一番近いのは黒曜石だ。

艶やかな床を歩くと、澄んだ鈴のような音が響く。踏む場所によって音程が違うので、うまくそれを利用すれば音楽が奏でられるんじゃないだろうか。

そんなことを考えてしまったのは、城内の大廊下に居並んだ廷臣たちの麗々しい姿に気圧されたせいだ。皆、自分とアディーンが通りかかると、風に煽られた草のようにいっせいに頭を垂れてお辞儀する。悠はオロオロと視線をさまよわせたりしないよう、優雅に前を向いて余裕のあるフリをするのに精一杯だった。

「そんなに緊張しなくても、誰も悠を取って食ったりしない」

「それはそうなんだけど…。でも、みんなすごく僕のことを見てるから心配になって」

「百年ぶりに見つかった大神官だからな。皆、悠の可愛らしさに驚いたんだろう」

「…――」

宮殿を抜けて中心――ドーナツの輪部分――にある『神樹《しんじゅ》の庭』に着くまでは、なるべく立ち止まったりよそ見をせずにと言われていたので、悠はアディーンがどんな顔でそんな甘い言葉をささいたのか、まじまじと凝視したくなるのを懸命に堪えて歩き続けた。

歩を進めるたび、入城前に念入りにブラッシングされた髪が、銀糸で刺繍された上着の襟に触れてさらさらと乾いた音を立てる。

冬の地から春の中心である王都まで、逆順ではあったけれど季節をひとめぐりした旅の間に、ほぼ一年が過ぎていたらしく、悠の髪も肩につくほど伸びていた。旅の途中に一度、悠を抱いたあと、長くなった髪を指先で弄《もてあそ》んでいたアディーンに「伸びてきたからそろそろ切った方がいい？」と訊ねると、「このまま伸ばした方がいい」と言われ、以後は毛先を少し調える程度で伸びるに任せている。最初は鬱陶しくて何度かこっそり切ろうとしたけれど、長い髪は大神官の印のひとつだとルンデルに言われて反省し、慣れるしかないと覚悟を決めた。

居並ぶ廷臣たちの前を通り過ぎ、アディーンと一緒に訪れた『神樹の庭』は、宮殿に囲まれた巨大な円形空間だった。

直径は一キロメートル近くあり、花や樹木の他に薬草もふんだんに繁茂していて、場所によっては森のようになっている。この庭には王と大神官長の他は、薬草園や花樹の世話をするために厳選された神官たちしか入ることができない。そして神樹の側に近づくことができるのは王と大神官のみ。

庭の中心にそびえ立っている神樹は、見惚れるほど堂々とした大木だ。幹の太さは十メートル近い。樹形は杉のようにまっすぐ伸び、地上三十メートルあたりで一気に枝葉が広がって、庭全体を覆うほどになっている。樹齢は万を超えているらしい。その樹皮はすべすべとなめらかで、金粉をまぶしたようにほんのりと光沢を放っていた。

悠が神樹に近づくと、まるで歓迎の花吹雪のように木の葉が舞い落ちてきた。枯葉ではない。まだ若く瑞々《みずみず》しい緑の葉が何枚も。悠は最初、神樹の圧倒的な存在感と堂々とした美しさに気圧されて言葉もなく立ち尽くしていたけれど、舞い落ちてきた緑の葉を手のひらで受け止めた瞬間、何か言い様のない切なさを感じて顔を上げた。

幹に近づいてそっと頬を寄せ、身体をぴたりとくっつけると、これまでの旅の疲れが出たのか、にわかに眠気に襲われてその場に座り込んでしまった。いつもだったら、どうしたんだと心配して騒ぐはずのアディーンが何も言わない。それどころか、こうなることが分かっていたような落ちついた態度で悠の隣に腰を下ろし、膝枕までしてくれた。

「眠るといい。そして神樹の……――」

手のひらでそっとまぶたを覆われながら、話を聞けと言われたのか謎を探れと言われたのか、最後まで聞きとることができないまま、滑るように眠りの底へ降りていった。

そして夢を見た。

奇妙に印象的な夢は、旅の間にも何度か見たものと同じ種類だ。たとえば見知らぬ老人が膝を痛めてぼやいている、とか、花冠をした美しい女性が、自分の盃に指を突っ込んで中の飲み物をぐるぐるまわしている。その勢いが強すぎて、飲み物が数滴零れて机の上の地図を濡らし、そこには星形の木の実の印が書き込まれていた、など。印象は鮮やかで登場人物や小物の細部までくっきり思い出せる。内容も単純なのに意味はよく分からない。

その種の夢を見て目覚めた朝は自分で思うよりぼんやりしていて、アディーンに必ず「どんな夢を見た？」と訊ねられた。

今日、神樹の根本で眠りに落ちて目覚めたときも同じ。

「どんな夢を見た？」とアディーンに訊ねられ、悠は見たままを答えた。

老人でありながら若者であり子どもでもあり、そして女性と男性を兼ね備えた人物——目覚めるとそんなことは有り得ないと分かるのに、夢の中では自然なことだと納得できた——が悠に向かって『困ったな』と言う。悠も『そうですね、困りましたね』と同意する。

『探して見つけられないだろうか？』

『分かりました。——ならよく知ってるので、なんとかなるでしょう』

自信満々にうなずいたものの、目覚めた今になってみると『——』がなんなのかまるで思い出せない。本当によく知っているものだということだけは分かるのに。

「なんだったっけ…？」

中空を見つめながら独りごち、悠は何度かまばたきをした。まだ眠気が残っている。視界も頭もぼんやりして、自分がどこにいるのか把握できない。欠伸をするとアディーンに抱き上げられ、そのまゆらゆら揺れながらどこかへ連れて行かれる。たぶん宮殿内にある王の寝所へ。極上の寝心地の寝台に下ろされる前に、悠は今度は夢も見ない深くおだやかな眠りに身を委《ゆだ》ねた。

王都に帰還して王宮に入った初日は、そんなふうにして過ぎていった。

V　常陽《とこひ》の国の女王

王宮では、待機していた多くの廷臣たちや地方の領主、職業団の代表者などに向けた大々的な謁見の儀が数日かけて行われた。それが終わると休む間もなく、次は常陽の女王との会見が待っている。

悠はそれまで身に着けていた白基調の美麗な装束とはまた別の、アディーンとお揃いになっている濃紫の衣裳に身を包んで会見の場に向かった。その衣裳の裾や袖口には芥子粒のように細かい宝石が散りばめられていて、長身のアディーンが長い足で裳裾を揺らして歩くたび、夜空に瞬く星のような煌めきを放つ。

もちろん悠の衣裳にも同じ装飾が施されている。けれどやっぱり、アディーンほどには似合ってないと思う。お揃いだと、そのあたりの差が歴然となる。悠は衣裳部屋の大きな鏡の前で小さく溜息をついたけれど、着替えを手伝ってくれたアヌや召使いたちなどは、お世辞とは思えない熱心さで「お似合いです」と言うし、居間で待ち構えていたアディーンに至っては両手を広げて「美しい」と称賛してやまない。こういうときは否定しても無駄だとさすがに学習した悠は、照れ笑いを浮かべて、差し出されたアディーンの手を取ることにしている。

常陽の国の女王との会見は、夜と昼の境界線上に建てられた瀟洒な離宮で行われた。ふたつの国の境界線は王宮から数キロ離れた場所にある。

そこで見た光景は、悠の生まれた世界からは想像もできないほど不思議で美しいものだった。

境界線に立って右を見れば闇に護られた夜の国が、左を見ればまばゆい陽光に満たされた昼の国が広がっている。そして真上を見上げれば、そこは比重の違う液体をひとつの器に入れたときのように、かすかにゆらめきながらも、きっぱりと世界の違いを示す線が存在するのだ。

悠はアディーンと一緒に離宮の一室に入り、小さなテーブルを挟んで陽の女王と相対した。室内は円形で、真ん中を境に向こう半分は光が射しこんで白く輝き、こちらの半分は豊かな影に護られている。どういう原理なのか、向こうの光がこちらに侵蝕してくることはない。

アディーンの姉だという女王のとなりには、女王より小柄な人物が寄り添っている。しかし、ふたりの姿は降りそそぐ光がまぶしすぎて、輪郭が辛うじて見分けられる程度にしか見えない。

「あまり光を見つめすぎないように。目を痛める。姉の顔など熱心に見る必要はない」

「相変わらずの物言いね。愛しき我が弟よ。『狭間の海』を越えて異界に渡り、伴侶を見つけて戻ったとか。そこにいる小さな子どもがそうかしら？　ずいぶん可愛らしいこと」

ホホホ…と品のいい笑い声に含まれているのは言葉通りではなく、どちらかというと「ちんちくりん」という意味合いが強いように感じる。悪気はなく、ただ面白がっていることも。

悠は女王が発する蜜のように豊潤な自信に圧倒されて、まばたきするくらいしか反応できなかった。代わりにアディーンが、珍しく好戦的な雰囲気で身動ぎ、ゆったりと笑みを浮かべて口を開く。

「姉上も相変わらずお元気そうで何よりです。悠はまだ生まれて十七年も経っていませんから、五百歳にもなる姉上の目には、それは可愛らしく映ることでしょう。そういえば目尻の皺がまた増えたのではありませんか？」

「――失礼ね。わたくしはまだ四百九十八歳で、皺なんか一本もないわよ。あなたったら一体どこでそんな生意気な言葉を覚えたのかしら。小さい頃は泣き虫で、わたくしのあとを追いかけて転んでは、また泣いて、わたくしが背負って御母様のところまで連れ帰ってあげたこともあったのに。それに」

「分かりました。私の見間違いだったようです。姉上は今も変わらず完璧にお美しい。伴侶のシルダリア様も花のように可憐であらせられる。ですから、昔話はそのへんで勘弁していただきたい」

アディーンは何かを押し留めるように両手を上げて、姉の勝ちを認めた。その顔には、一言えば十返ってくる姉の性格を充分に知り尽くした弟の、あきらめにも似た表情が浮かんでいる。

いつも余裕があり落ちついた態度を崩さないアディーンの珍しい姿を、悠は不思議な思いで見つめ、こっそり心の中でつぶやいた。

――もうちょっと、アディーンの子どもの頃の話とか聞きたかったな。

考えてみれば当然のことなのに、アディーンにも転んで泣くような幼い頃があったなんて、どうしてもうまく想像できない。写真は無理だろうから似顔絵や肖像画があるなら見てみたい、と言い出したかったけれど、アディーンと女王は細々《こまごま》とした近況報告をはじめていて、それが国の情勢絡みの難しそうな内容だったので、悠は空気を読んで発言を控えた。

それにしても姉弟の関係とは、どこの世界でも変わらないものなのか。

悠はひとりっ子だが同級生には姉を持つ者もいて、彼らはよく、姉という存在がいかに暴虐な専制君主であり無自覚な女王様であるかを切々と訴え、姉を持つ弟同士で慰めあっていた。

同級生か…。

そこからの連想で学校の教室の風景を思い出し、ふっと懐かしさが湧き上がる。目の前で輝く陽の国の光の強さにも少し目が慣れたのか、まぶしさよりも懐かしさを感じた。太陽の光や温もりには、こちらに来てから一年近く触れてない。アディーンと女王が話しこんでいる間に、悠はふらりと椅子から立ち上がり、夜と昼、そして国の境界でもある部屋の真ん中に近づいてみた。

「悠……！」

背後でアディーンが驚き声を上げたのは、悠が境界を越えて光の中に足を踏み出し、全身に陽射しの温かさを感じて空を見上げたときだった。

「悠……！　なんという無茶を！　すぐに戻りなさい。どうして突然そんな——」

引き攣《つ》った恐怖で顔面を強張らせたアディーンが、流れるような素早さで近づいてくる。その指先が境界を越えて悠を捕まえようとする寸前、立ちはだかった陽の女王が弟の無謀な行動を諫《いさ》めた。

「愛する弟よ、あなたこそなんという無茶をするのです。あなたの伴侶は無事です。わたくしが連れて戻るから、あなたは境界を越えてはなりません」

先刻の言い合いとは比べものにならないほど真剣なアディーンと女王の雰囲気に、悠は自分の行動がこちらの常識を激しく逸脱したものだったと遅まきながら気づいた。あわてて境界線を跨《また》ぎ越え、アディーンの腕の中に戻る。

「悠……！」

アディーンは力強く悠を抱きしめてから、すぐに少し身を離し、悠の身体にどこも異状はないか素早く調べた。頬や手の甲など、陽が当たった肌は特に念入りに確認される。その指先がかすかに震えていることに気づいて、悠は心臓を鷲づかみされるような後悔に襲われた。

「ご…めんなさい。境界を越えちゃいけないなんて、知らなくて」

アディーンは小さく首を横にふった。

「越えてはならないわけではない。本来は越えられない…はずなんだ。常夜の国の人間が陽の国の光を浴びると、あっという間に身体が煮えたぎって溶け崩れてしまう。だから本能的な恐怖を感じて、近づきたいという気持ちにすらならない」

「反対に、わたくしたちが常夜の闇に触れると、たちまち凍えて心蔵が止まってしまうの」

弟の言葉を継ぎながら、女王がしみじみと悠の全身を見つめ直して目を細める。

「愛する弟よ、どうやらあなたの伴侶には問題があるようね」

「姉上、その件は」

「転移の座が稼働しなかったのは、間違いなくあなたの伴侶の記憶が欠落しているせいね。あれを作り出したのは大昔の大神官だから、互いに関わりが深い」

「え…!?」

半分覚悟はしていたものの、はっきりと言いきられて悠は小さく息を呑んだ。やっぱり原因は自分にあったのだと。

「あら、教えてもらわなかったの?」

「姉上」

「愛する弟よ。あなたが何を心配しているのか想像はつくけれど、少しやりすぎではないの？　ハルカの魂は、間違いなくあなたが選んだ伴侶のもの。でも肉体は異界生まれの異界育ち。それゆえ、こちらの世界の理《ことわり》から少し外れているのね。夜の国の住人でありながら陽を浴びても平気なように」

「僕の生まれた世界では、昼と夜は交互にめぐってきました。こちらのように固定されてなくて…」

たまらず悠が訴えると、女王はわずかに目を瞠《みは》り、それから鷹揚にうなずいてみせた。

「それは本当に奇妙な世界ね。神託はどうなのです？　きちんと受け取れていますか？」

「神託…？」

悠が首を傾げると、アディーンが少し強い調子で「姉上」と窘《たしな》める。しかし女王は気にしない。

「愛する弟よ。いくら過去の痛手がまだ癒えていないとはいえ、何も教えずにいるなんて、それは賢い判断とはいえないわ」

「姉上」と、アディーンが底知れぬ低い声を出す。悠は姉弟喧嘩になりそうな雰囲気をさえぎった。

「過去の痛手？」

「君を――前々世の君を失った経緯《いきさつ》だ」

アディーンは悠の肩を抱き寄せたまま耳元にささやいてから、きつい眼差しで女王を見すえた。

「姉上、どうかそれ以上よけいなことを悠に吹き込まないでいただきたい。私には私の考えがあって、教えるべき時を選んでいるのです。それに悠は大神官長としてしっかり務めを果たしている。失われた知識は、今後改めて学び直せばいい。そうすれば、いずれ転移の座も動くようになるでしょう」

女王は何か言い返そうと口を開きかけたが、思い直したのか代わりに小さく肩をすくめた。

「わかりました。これ以上あなたたちの問題には介入しないわ。でも、困ったことがあればいつでも相談に乗るつもりよ。それからハルカ、あなたは確かに問題を抱えているかもしれないけれど、それは理由のないことではありません。問題があるということは、同時に祝福にもなり得るということよ。それだけは忘れないで」

「…はい。ありがとうございます」

「――姉上のお心遣いには、いつも感謝しております」

悠に続いてアディーンがそつなく会釈をしたので、姉弟はなごやかな雰囲気を取り戻した。

引き続き国王同士の近況報告と相談らしき会話が交わされている間、悠は女王から聞かされた事実について考えをまとめることで精一杯だった。


「神託ってなんのこと!?」

会見が終わって王宮の居室に戻り、ふたりきりになったとたん、悠は開口一番アディーンに訊ねた。

転移の座が動かないのは、自分に過去の記憶がないせい。それだけでも身がすくむような申し訳なさを感じているのに、加えて『神託』とやらまで欠落しているのだとしたら。とてもじゃないけれど、これまでのようにアディーンの側で、のほほんとはしていられない。

「神託も僕が…大神官長が持ってなきゃいけないものなんだよね？　そんなの僕にはない！」

「悠、落ちついて」

「どうして今まで黙ってたの!? 言ってくれれば、勉強だって修行だってもっと努力するのに…！」

自分の努力不足は、甘やかしているアディーンが悪いと受け取られる言い方になってしまった。気づいた悠は自己嫌悪のあまり唇を噛み、両手を強くにぎりしめた。

「アディーンのお姉さんが言ったとおりだよ！ たとえ僕のためでも、何でもかんでも秘密にされたくない。自分のことなのに、アディーンは知ってて僕は知らないなんて不公平だ。――どんなことでも受け止める努力をするから、だからちゃんと教えてよ」

「……悠、私が悪かった。謝るから許してくれ」

アディーンは途方に暮れた表情を浮かべながら、慎重に両腕を広げて近づいてきた。悠はそれから逃れるように、じりじりと後退《あとずさ》りながら喘《あえ》いだ。

「許してる。僕はいつだってアディーンを許してる。腹が立つのは自分に対してだ」

情けなくなって目尻に滲みかけた涙を拳でぐいと拭うと、すぐ側までやってきたアディーンに抱き寄せられる。突き放したい気持ちと拳を打ちつけて抗議したい気持ちがせめぎ合ったけれど、結局、何も言えず、うつむくことしかできなかった。

「悠はよくやっている。とても努力しているし、大神官長に必要な、民を思う気持ちも充分すぎるほど持っている。神託のことは秘密にしたつもりはない。ただ、悠はきちんと神託を受けて私に教えてくれていたし、何も問題などなかったから――…ルンデルがすでに教えていると思い込んでいた」

「……僕が、神託を、受けてる…？」

「ああ。そうか、自覚はなかったんだな。君は旅をしている間も、時々印象的な夢を見て私に教えてくれただろう。あれが神託だ」

「あの夢…が？」

「そうだ。膝を痛めた老人は、災害にあった地方を象徴していた。花冠をした女性の夢もそうだ。そこに出てきた人物や小道具はすべて象徴で、王である私だけがそれを正確に読み解くことができる」

「じゃ、もしかして、神樹の根元で眠っちゃったのも」

「神の樹の声を聞く。あれこそ、まさしく神託だ。あの夢に出てきた人物は、神樹そのものが悠に理解しやすい形で現れたものだ」

——なんだ、そうだったのか。

教えてもらったとたん、ストンと膝の力が抜けるような安堵を覚えた。実際その場にへたり込みそうになり、それまで拒絶していたアディーンの胸にすがりついてしまう。当然のように、アディーンは強く抱きしめ返してくれた。

「…ってことは、あの会話の内容は」

「神樹が何かを必要としている。それを悠は知っている」

「——目が覚めたら忘れちゃって、未だに思い出せないけど…」

あの日以来、ことあるごとに思い出そうと努力しているけど上手くいってない。悠がわずかにうつむくと、アディーンは力づけるように肩をぎゅっと抱き寄せてくれた。

「あまり思いつめない方が、きっと上手くいく」

「うん…」

悠は素直にうなずきながら、絶対に思い出そうと心の中で誓ったのだった。

vi　国王と大神官長

悠が王宮に来てから一年が過ぎた。この国で初めて目覚めたときからだと二年になる。

胴長鼠の子、ナーガも少し育って身体の太さは二センチ、体長は一・二メートルくらいになった。胴長鼠は竜の眷属なので成長はゆっくりで成熟するのに十年かかる。生後一年のナーガはまだまだ幼児だ。相変わらず悠の首を棲処にしていて、今では〝大神官長ハルカ様〟のトレードマークになってしまった。

この一年、悠は大神官長としての務めを果たすべく勉強と修行に明け暮れる毎日だった。事前にルンデルが宣言していたように、覚えることは膨大で、どれもこれも底が深くて果てしない。

悠の一日はデュナミス月が昇る前に起床するところからはじまる。

起床後は洗顔して、略式の神官服を身に着けて神樹の庭へ行き、そこに繁茂している植物と神樹に祝福を与えてから、一時間ほど前日の勉強内容を復習して過ごす。

月が昇ると宮殿内に戻ってアディーンと一緒に食事を摂り、半時間ほど休憩をしたあとは、アディーンが各地の領主や民と会い、さまざまな問題を解決してゆく姿を一時間ほど見聞きする。悠はまだ経験と知識が不足しているので、基本的に見学するだけで意見を差し挟む余地はまだない。求められて祝福を与える以外は。

謁見を一時間ほど傍聴したあとは、神殿に移動して教師役の神官たちの授業を受け、ひたすら勉強に励む。昼食はなるべくアディーンと一緒に摂れるよう努力しているけれど、アディーンはしょっちゅう視察に出かけてしまうので、別々になることが多い。昼食のあとは再び神樹の庭へ行き、朝と同じように祝福を与えてから神殿に戻り、午後の授業を受ける。

神官たちの授業は多岐にわたっていて、それぞれ専門の教師が十名以上いる。歴史、暦法（月と星の運行の他に数学も含まれる）、国語（いわゆる文学や神話を含む）、古代語、神法（魔法のようなもの。神官しか使えない特殊な力）、それから錬金術、薬草学、音楽の実践と理論、作曲に作詞、笛や竪琴の演奏、発声の基本と詠唱法、地理学などなど…。他にも特殊な紐の結び方とか刺繍の仕方（それぞれ魔法のような効力が宿る）とか、……ああそうだ、絵画も嗜《たしな》みとして勧められている。

本来なら四百年ほどかけて蓄積される知識なので、覚え直すのは大変だ。

それらの勉強や大神官長としての務めの合間を縫って、悠は神樹の根元で最初に見た夢——神託の中に出てきた例の言葉を思い出そうと努力していたが、あまり成果は上がっていない。とはいえ、こちらの世界の知識が増えるにつれ、少しずつ何かが形になろうとしている手応えはある。それは建国の神話を読んだ瞬間だったり、古代の神聖文字を見た瞬間にふいに訪れる。

それで分かったことは、たぶん神樹が求めているものはこの国にはないものだということだ。最初からなかったのか喪われてしまったのかは分からないけれど、とにかく常夜の国にはない。

だけど悠は知っている物。それに気づいたときから悠は、常夜の国にはなくて、自分の生まれた世界にはあるものをひとつずつ書き出していくという、気が遠くなるような作業を続けている。

国王であるアディーンは、悠とはまた別の忙しさに追われていた。狭間の海を渡って異界に行き、帰ってくる間に溜まってしまった評定をこなし、各地に出現する綻びや亀裂を封印して被害を抑え、災害を鎮めている。

この一年、封印のために巡幸したのは二度。転移の座が未だに使えないため移動には時間がかかった。一度目は往復で一ヵ月半。二度目は三ヵ月。この二回は悠も同行したけれど、教師たちも同行したので勉強漬けで忙しい日課は変わらなかった。それでも街や邑がない場所では、王宮にいるときよりアディーンと一緒にいられる時間が多く取れたので、嬉しかった。

巡幸から戻ると互いにまた忙しい日々が戻り、アディーンはしばしば視察に出かけた。アディーンはなるべく悠をひとりにしないよう心を砕いてくれたが、少しでも危険が伴うと判断した場合は、悠を宮殿に置いて行った。そんなときは必ず、「神樹の庭から出ないように」ときつく約束させられた。

「神樹の側にさえいれば、どんな危険からも守られる」

そう言って悠が勝手に庭から出ないよう、出入り口には国王の命令しか聞かない護神官と闘神官を配置してゆく。悠はアディーンが戻るまで神樹の庭で食事を摂り、授業を受け、庭を流れる小川で水浴びをして着替え、そして眠った。アヌやルンデルを含め、すべては厳選された神官たちの手で身のまわりの世話をされるので不自由は何もない。――軟禁されているような気分になるのは、否めなかったけれど。それでも、我が身に置き換えてみればアディーンの心配も理解できる。

もしも立場が逆だったら？　日本で、『外来種』を狩る保安機構の役人がうようよいる中に、アディーンが出かけたいと言ったら？

自分はやっぱり「絶対に出て行かないで、家に隠れてじっとしていて」と心の底から頼んだだろう。大切な人を危険に近づけたくない。遠ざけておきたい。安全な場所にいて欲しい。そう願う気持ちは痛いほど分かる。だから軟禁じみていると思っても、悠はアディーンのやり方を受け入れている。

「でも、やっぱり一緒に出かけられないのは寂しいよね…」

悠はその日も神樹の根元に腰を下ろし、読みかけの本を脇に置いて小さく溜息をついた。

首にたらりと巻きついて、木の実を食べていたナーガが「きゅっ」と喉を鳴らして半身をもたげ、悠の頬に細くて小さな両手をぺたりと当てる。元気を出せという仕草だ。

「ありがとう、ナーガ。おまえは一匹で寂しくないの？」

今は子どもだからまだいいけれど、大人になる前に仲間を見つけてやらないと。できれば異性を。

ナーガはまだ成熟前なので雌雄の見分けはできない。

そんなことを考えながら、指先に幼い胴長鼠の両手を絡ませて胴体を上げ下げしていると、突然頭上でザァ…と音がした。まるで突然の通り雨か、強い風が吹いて梢が鳴ったような音だ。

悠が頭上を仰ぎ見ると、さほど間を置かずに大量の葉が舞い落ちてきた。いや、舞い落ちて…などという生やさしいものではない。まるで夕立のようにザザザァ…ッと音を立てて降ってくる。

ナーガは最初の一枚が地上に落ちる前に、自ら懐に潜り込んで落ち葉を避けている。悠も目に当たらないよう手で庇《ひさし》を作りながら、立ち上がって何十メートルも上にある神樹の梢を見つめた。

「神樹の葉が…！」

視界がさえぎられるほど大量の落葉は、しばらくすると普通の量に落ちついた。逆に悠の心臓は不安で高鳴り、呼吸が速くなる。

地上に降り積もった落ち葉はすべて緑色。そもそも神樹は落葉樹ではない。それが異変の大きさを物語っている。代々庭を世話してきた神官たちの記録によれば、これまで神樹が葉を落としたことはほとんどなかったという。たまにとはいえ、落葉がはじまったのはここ十数年。その量が少しずつ増えていることは、悠を含め、庭の世話をしてきた神官たちの悩みの種だった。

「ハルカ様！」

神樹の異変に気づいた神官たちが切羽詰まった声で悠を呼ぶ。彼らは神樹に近づけない。悠は樹の側を離れて彼らの方へ小走りに駆け寄った。

「いったい何事が…！」

「分かりません」

「このような異変、前代未聞の事件でございます！」

「ええ。視察に出かけている国王陛下と、それから各神官長に報告を。僕は何か神託が得られないか試してみます。しばらく静かにしていてもらえますか？」

「畏《かしこ》まりました」

悠の指示を受けた神官たちはそれぞれ報告のために宮殿や神殿へと走り去り、残った者は悠の邪魔にならない距離まで遠ざかって見守る態勢に入った。

悠は神樹の側に戻り、淡い光を発しているなめらかな幹に額をコツンと当て、両手でそっとすがりついて祈りを捧げた。

——どうか、僕に道を指し示してください。あなたのために、この国のために、僕ができることを。

それがどんなに困難なことでも、立ち向かってみせます。

そのまま静かに膝をつき、うずくまるように身を丸めた。

懐に避難していたナーガがもぞりと動いて襟口から顔を出す。その身体が金色に輝いている。

ナーガはそのまま悠の首から頭上ににょろりと這い上り、神樹の幹に飛びついて、幹と同化した。

その輪郭がキラキラと光っている。

地平線から顔を出したばかりの朝陽のように。霞みがかかった満月のように。まるで——のように。

「……光ってる」

自分のつぶやき声でハッと目を覚まし、悠は顔を上げた。

あわてて胸元に手を当てるとナーガはちゃんとそこにいて、押しつけられた手の勢いに「きゅぅ」と抗議の声を上げる。「ごめん」と詫びながら襟をめくって姿を確認すると、特に変わった様子はない。ふわふわとした毛色はクリーム色で、夢で見た色には程遠い。

「夢……っていうか、神託…？」

たぶんそう。でも相変わらず意味がよくわからない。悠は神託を夢見たあとに特有の、ぼんやりした状態のまま首に巻きつこうとしているナーガの胴体を持ち上げ、夢で見たように神樹の幹にぺたりとくっつけてみた。

何も変わらない。

ナーガは度重なる仕打ちに「きゅっ、きゅ！」と鳴きながら身をくねらせ、悠の首に戻りたいと訴えている。「ごめんごめん」と重ねて謝ってナーガを首に巻きつけてやりながら、悠はぼんやり考え続けた。夢に出てくるものは象徴が多い。水は無意識を現しているとか、水の容れ物は集団の規模を現しているとか。たとえば洗面器や風呂なら家族、公衆浴場やプールなら街全体、海は人類全体の無意識の象徴である、といった具合に。それなら、さっきの夢に出てきたナーガはなんの象徴だろう。

「……」

こちらの世界の生き物に関しては、アディーンに聞いた方が早くて正確かもしれない。もちろん、神託の解釈も。悠はそう思い直し、他に何が出てきたか、目を閉じて夢を反芻《はんすう》してみた。

——朝陽と月だ。輝く光。常夜の国にはないもの。

「陽の国に行けば、何か分かるのかな…？」

声に出してつぶやいてみると、自分の中で確信が生まれる。

常夜の国の住人は陽の国には入れない。たとえ国王であっても。けれど悠だけは行くことができる。

そこに何か意味があるのかもしれない。

神樹は、神の樹というだけあって常夜の国の根幹を成している。その根は国土全体に及び、世界を護っている。それは比喩ではなく事実だ。悠は一度、土砂崩れで露出した神樹の根を見たことがあった。それは銀糸のように美しく、触れた場所から祝福を与える歌が伝わってきた。普通の人々の耳には直接聞こえないその歌声が、この国の人々と豊かさを護っている。

もしもこのまま神樹の異変が続き、枯れるようなことにでもなったら……。

悠はぶるりと震えが走った我が身をかき抱いた。

豊かでおだやかなこの世界が変わってしまう。綻びや亀裂がもっと増えて、異界からの侵襲者を防ぐことができなくなる。土地が荒れて作物が充分に採れなくなれば、争いが起きるかもしれない。

――そんなのは嫌だ。

悠ははっきりしてきた頭の中で、アディーンが戻ってきたら言うべき言葉を練り上げていった。

神樹の異変を知ったアディーンが予定を切り上げて、視察先から戻ってきたのは四日後。

王が帰還するまで神樹の大量落葉については箝口令《かんこうれい》が敷かれていたが、人の口に戸は立てられないのはどこの世界でも同じらしい。アディーンが帰還して悠が神樹の庭から出てくると、不安を抱えた廷臣や下位の神官たちが事情を知りたがって王宮全体がざわめいた。

アディーンは重臣たちや各神官長、それに引退して余生を送っていた長老たちとも協議した結果、神樹の異変を告知した。同時に解決策も広く募集する。限られた人々だけが智慧を絞るより、国民すべてが問題を意識して考えた方が、良い結果が得られるだろうと判断したからだ。

アディーンが帰還した当日と翌日はそれらの準備や対応で忙しく、ゆっくり話をする余裕はなかった。悠の方も神官たちと協議したり、長老から話を聞いたり、古代の文献を調べ直したりと忙しく、辛うじて新しく見た夢——神託のことを報告するだけで精一杯。常陽の国へ行きたいという相談ができたのは帰還から三日目。デュナミスが中天に差しかかる時刻になってからだった。

「アディーン少しいい？」

扉を小さく開けて悠が声をかけると、アディーンは難しい顔をして読んでいた報告書を置いて席を立ち、扉を大きく開けて中に招き入れてくれた。

黒と銀のタイルを組み合わせて美しい模様を描き出している床は、歩くとコツコツと澄んだ音がする。アディーンの執務室は夜空と同じ濃紫と光沢のある黒を基調に、いたるところに銀や青金、緋金などで装飾が施された豪奢《ごうしゃ》な造りだ。天井が高く、室内も広いのに空虚な感じは微塵もない。机や椅子、脇机、棚、長椅子、地図や書物が山積みの大卓《テーブル》など、長い時を経て、すべての物があるべき場所にあるという、しっくりと落ちついた雰囲気が漂っているのは、きっと部屋の主であるアディーンの存在感のなせる業だろう。

「神樹のことで相談があるんだ」

悠はそう前置きをして、神託から思いついた自分の考えを告げた。

「それで、常陽の国に行ってみようと思って」

陽の国の女王に問い合わせたところ、あちらの神樹には特に異変は起きていないらしい。それならなおさらあちらの神樹と土地を直接調べてみたい。そしてもし解決策のヒントがあるなら、それをなんとしても見つけたい。

常夜の国の住人は境界を越えて陽の国に入ることはできない。それは王であるアディーンも同じ。けれど悠だけは、記憶を失っているせいで境界を越えることができる。これまで負い目でしかなかった記憶喪失が、初めて役に立つかもしれない。

「だから僕が直接、調べに」

「駄目だ」

行こうと思うんだけどと言う前に、速攻で却下されて啞然とする。これまでアディーンは、悠の願いならなんでも叶えようと最大限に努力してくれていた。自分でも時々「甘やかされてるなぁ…」と困惑するくらい。それなのに。ここまで無下《むげ》に断られたのは初めてで、驚いた。

「アディーン？」

「駄目だ」

「――もちろん常陽の国の女王にお願いして、向こうの護神官を派遣してもらうつもりだから安全」

「駄目だ。私がついていけない場所に君をひとりでやるなんて、絶対に許可できない」

「……」

まるで厚さ十センチの鋼板を相手に話しているみたいだ。アディーンの意思の硬さに、悠は二の句が継げなくなって立ち尽くした。こちらに来てからずっと、やさしすぎるくらいやさしかったから、こんなふうにすげなく拒絶されるとどうしていいのか分からない。

それでも鳩尾《みぞおち》の前で両手を何度もにぎりしめ、アディーンを説得しようと試みた。

「神樹をこれ以上、弱らせたくないんだ」

神樹が枯れれば常夜の国も崩壊すると言い伝えられている。そんなことになったら、一番悲しんで苦しむのはアディーンだ。アディーンを苦しめたくない。もちろん、常夜の国に住む人々も。

「僕の記憶がないことで陽の国との境界を越えられるなら、それを役立てたい」

できる限りの努力はしていても、大神官としての務めをきちんと果たせているかいつも不安だった。だから、記憶がないことの穴を少しでも埋められるなら埋めたい。

「危ないことはしないし、充分に気をつける。アディーン、お願いだから」

目の前に立って顔を見上げ、両手をにぎりしめて頼み込んだ。――答えは、

「駄目だ」

「どうして!?　何も戦地に行くわけじゃない、アディーンのお姉さんの国じゃないか！」

アディーンがあまりに頑固なので、こちらもつい声を荒げてしまう。安全を最優先しようとしてくれるアディーンの心遣いより、神樹を助けたいという自分の気持ちを無視された腹立ちが優《まさ》った。

「気をつけるって言ってるのに！　こんなに頼んでるのに！　どうして聞き入れてくれないの⁉」

「私がついて行けない場所だからだ」

「アディーンがいなくても、僕ひとりで平気だって言ってる！」

売り言葉に買い言葉とはこのことか。言った瞬間、後悔した。伝えたいことと、口から出た言葉の響きに隔たりがありすぎる。

「……悠」

呆然とつぶやいたアディーンの表情に、傷ついた色が広がる。

違う、そうじゃない。僕が言いたかったことは、そういう意味じゃなくて――。

ごめんなさいと、謝るために手を伸ばしかけた悠に背を向けて、アディーンは硬い声で宣言した。

これ以上ないほどきっぱりと、反論の余地なく。

「絶対に、駄目だ」

だから悠も差し出しかけていた手を引き戻し、無言で部屋を飛び出した。

どんなに堪えようとしても、あふれる涙と嗚咽《おえつ》を止めることができない。

小さくしゃくり上げて何度も目元を拳で拭いながら、小走りで宮殿の廊下を駆け抜けて神樹の庭に逃げ込んだ大神官長の姿を、多くの神官や廷臣たちが目にした。そして大いに胸を痛めたのだった。

「アディーンのバカ」

「きゅっ？」

「意地悪」

「き、きゅぅ！」

「僕の気持ちなんて全然わかってない」

「きゅぃぃ…」

神樹の根元にしゃがみ込み、襟巻きのように首から垂れていたナーガの胴を両手で持ち上げて、ぼそぼそと小声で不満をぶつけるたびに返ってくる、無邪気で律儀な返答に悠は大きく溜息を吐いた。その拍子に涙がぽろりとこぼれ落ち、幼い胴長鼠の小さな頭に当たって砕ける。

「ぎゅるッ」

ナーガは驚いて黒い目をぱちくりさせてから、尻尾を使って器用に顔をなでまわした。毛繕いをして気がすむと、今度は涙を流し続けている悠の右耳を足場にしてよじ登り、頭を横断して左耳の上に垂れ下って「きゅるる、きゅるるっ」と可愛い声で歌いはじめる。悠を慰めようとしているらしい。

「おまえはやさしい、いい子だね。それに比べてアディーンときたら。意地悪で頑固で、もう本当にひどいんだから」

不満をくり返しながら撫でてやった手の甲に、頭上から落ちてきた神樹の葉が当たって小さな痛みが生まれる。

「あ…」

悠は涙に濡れた頬ではるか上空にある梢を仰ぎ、立ち上がった。そうして神樹のなめらかな、けれど日に日に艶をなくしつつある樹肌に額を当てて目を閉じる。

「ごめんなさい」

めそめそと泣いている暇などない。

「絶対に、あなたのことを助けてみせる。あなたを助けることが、アディーンを救うことにもなるんだから。——それに、記憶がなくて迷惑ばかりかけてる僕が、やっとこの国の、みんなの役に立てる機会なんだ。常陽の国に行ってあなたを助ける手段が見つけられたら、こんな僕でも…もう少し胸を張ってアディーンの隣に立てるかもしれない」

悠はぐいと涙を拭い、覚悟を決めて目を開けた。アディーンがどんなに反対しても常陽の国へ行く。たとえ彼に内緒で、秘かに王宮を抜け出すことになっても。

そう心に決めて神樹から離れたとたん、ゆっくりとこちらに近づいてくるアディーンと目が合った。

「……」

「悠」

アディーンは悠から数歩離れた場所で立ち止まり、ばつが悪そうに一瞬目をそらして両手をにぎりしめた。けれどすぐに視線を戻し、悠をまっすぐ見つめて口を開く。

「君の気持ちを、思いやれずにすまなかった」

いったいどういう心境の変化なのか。悠は驚いて目を見開いた。ついさっきまで、あれほど頭ごなしに僕の言い分を退けていたのに。

「悠がそこまで国と民と…そして私のことを想ってくれてのことなら、どうしても常陽の国に行きたいなら——…仕方ない。許す」

思いがけない譲歩の言葉に悠の身体は思考より先に動き出し、アディーンに抱きついていた。

「アディーン…！　ありがとう！」

どうやらナーガに語った愚痴と神樹に伝えた言葉を、すべて聞かれていたらしい。それだけで、あんなに頑なだったアディーンが決意を翻すとは意外だったけれど。

「私は君を…泣かせたいわけではない」

悠を抱き寄せて涙で湿った目尻に指で触れ、その上から唇を重ねたアディーンのささやき声と指先の震えで、自分の涙が予想以上に威力を発揮したのだと思い知る。

「僕の方こそ、ひどいこと言ってごめんなさい。アディーンが僕のことを思って反対したんだって、本当は分かってる。でも…」

「ああ。悠はいつも自分のことは後まわしで、私や皆のことを考えている。いつもいつも。だから私が君の分まで、君のことを心配するんだ」

「分かってる。大丈夫だから、本当に」

悠はもう一度「分かってる。気をつけるから」と誓ったけれど、アディーンの眉間《みけん》に深く刻まれた心配の皺が消えることはなかった。

本当は分かっていなかった。アディーンがどうしてそんなに心配したのか。

悠がそのことに気づいたのは、常陽の国への旅を終え、常夜の国に帰って来た日のことだった。

vii　甦った過去と、月の涙

常陽の国への旅は分刻みと言えるほど綿密な計画が立てられた。国境越えは、以前アディーンと一緒に女王と会見したあの離宮に決まった。王宮からわずか数キロメートルしか離れていないのに、過剰なほど多くの護神官と闘神官が身辺警護として付き従い、当然アディーンも同行している。

旅といっても予定は一泊二日。常陽の国の神樹に会ってすぐ、神託なり何かヒントになるものが得られれば、その日のうちに帰ってきてもいい。アディーンはそれを望んでいるけれど、そこまで順調にいくかどうかは分からない。だから一応、一泊二日にしてある。

「帰りは転移の座で、速やかにここへ戻してあげましょう。だから愛する弟よ、そんなに怖い顔をしないで。わたくしの伴侶が恐がっているじゃない」

一年振りに再会した女王は相変わらず美しく、そして強《したた》かだ。弟の渋面《じゅうめん》など歯牙《しが》にもかけず涼やかに笑う。そんな彼女の手招きに応じて悠はアディーンの側から離れ、夜と昼の境界線を踏み越えた。

とたんに視界がまばゆく白く染まる。まるで白い闇のように、ほとんど何も見分けがつかない。

けれど秘かに怖れていたような、火傷の痛みや苦しさに襲われることはない。夜の国の住人でありながら昼の国でも平気でいられる。記憶が失われたままである証拠だ。

悠は誰にも気づかれないよう小さく溜息をつき、女王に手を引かれるまま転移の座に乗った。

まばたきをひとつする前に「着いたわ」と言われて、覚悟はしていたのに驚いた。

あたりを見まわしても、相変わらず視界はまばゆい白さに染まっている。けれど匂いと音でわかった。すぐ側に、こちらの国の神樹があるのだと。

足元に気をつけてと言われて慎重に歩を進め、ゆっくり指先を伸ばして樹肌に触れてみた。

「はじめまして。僕は常夜の国の王、アディーンと共に歩む者、羽室《はむろ》悠と申します」

軽く触れた指先からは、炭酸に浸したような微かで軽快な反応が伝わってくる。

「僕の国の神樹が弱って枯れかかっています。あなたが何か解決策を知っているなら、どうか教えてください。僕に分かるよう、どうか…お願いします」

悠は両手と額をひたりと幹に押し当てて目を閉じた。常陽の国では神樹までもが内側から光り輝いているようだ。樹肌に触れた手のひらと額が熱い。そこから鈴のような、澄んだ音が聞こえてくる。

——…リン……チャリン、キン…、チリン…。

なんだろう。聞き覚えのある音。これって、なんだっけ…？

助けを求めるように目を開けて空を仰ぎ見ると、金色の蝶が無数に飛んでいる。彼らの羽がひらめくたび、細かい鱗粉が舞い散って落ちてくる。悠は両手でそれを受け止めた。

蝶？　ちがう…。雨…？　ううん。――…金貨？

手のひらに貯まった鱗粉は、雪のように融けて金色の雫になり、ころころ転がりながら輝きを放っている。それはまるで意思を持っているように、神樹の方へ行きたがった。

悠が手のひらをそっと樹肌に押しつけて離すと、金色の雫はまるで水が砂に染み込むように幹の中に吸い込まれてゆく。やがてその場所が淡く輝いて、金色の光であたりを照らしはじめた。

金色の光。金《きん》。ゴールド。

『探して見つけられないだろうか？』

『分かりました。黄金《きん》ならよく知ってるので、なんとかなるでしょう』

この一年、どうしても思い出せなかった単語がポンと浮かんで悠は目を覚ました。

「思い…出した！　神樹が欲しがってたものって、金《きん》だ！」

なんだ、そうだったのか。すとんと腑に落ちた瞬間、それまでこちらの世界で『金』や『金貨』と翻訳されていた言葉が『緋金《あかがね》』に訂正された。緋金はこちらの世界でもっとも稀少な貴金属で、悠の世界の金《きん》に相当する。けれど、どちらも互いの世界には存在しない金属だ。

「ちがう…。金《きん》は神樹の中に存在してる。でもそれが、足りなくなったから弱ってきたんだ」

ということは、大昔はこっちの世界にも普通にあったのかもしれない。悠の世界にも神話や伝説の中にだけ出てくる金属がある。確か…オリハルコンとか日緋色金《ヒヒイロカネ》とか。ゲームか何かに出てきて少し調べてみたら、まるっきりの造語ではないと知って驚いた覚えがある。

悠はいつの間にか眠り込んでいた根元から起ち上がり、改めて神樹の幹に額を寄せて訊ねてみた。

——あなたは、大丈夫なんですか？

すると、四分の一しか液体が入っていない美しい銀のコップと、まだ半分近くは残っている緋金のコップのイメージが頭に浮かんだ。銀のコップは常夜の国、緋金のコップは常陽の国を象徴しているのだろう。たぶん、こちらの神樹も遠からず必須栄養素らしい金《きん》が足りなくなりつつあるのだろう。

常陽の国の女王とその伴侶にも、早くこのことを知らせなくては。

悠が神樹から離れると、待ちかまえていたように女王とその伴侶シルダリア嬢の声が聞こえた。

「ハルカ殿、首尾はいかが？」

「何か、お分かりになりましたか？」

視界は相変わらず露出過多状態で、顔立ちや服装などまるきり見分けがつかない。ただし、長身の女王と、横に並んだ華奢シルダリア嬢の身体つきの差くらいは、辛うじて見分けがつく。

声も女王は張りがあって自信に満ちており、シルダリア嬢はやわらかくてやさしげなので、悠の中ではなんとなく、アディーンによく似た気の強そうな美女と、ふんわりとしたレースと花が似合いそうな美少女のイメージができ上がっている。

「はい。こちらに来た甲斐がありました」

悠はそう答えて、神樹から授かったメッセージと自分が考えた解決策を伝え、常陽の国の統治者とその伴侶に協力を求めた。特に女王には念入りに。いざとなったら弟を説得してもらえるように。


常陽の国の神樹から神託を得るために眠っていたのは、ほんの数分に思えたのに、実際には半日近く過ぎていた。その後の事情説明と今後の相談をしている間にさらに数時間が過ぎ、さすがに悠が疲れを見せたのを潮に、帰途につくことになった。念のため、こちらの食べ物や水は口にしていないので、喉も渇いたしお腹も空いた。

「境界を越えて我が領土に来ることができたといっても、ずっと陽を浴びていても平気、というわけでもないようね」

「そうみたいです…」

あわただしくてすみませんと女王に謝りながら、本当は少し嬉しかった。自分はちゃんと夜の国の住人なんだと思えたから。

丸一日も経っていないのに、もうひんやりとした月の光と夜の風が懐かしい。早くやさしい影に抱かれて、最近では少し味の違いが分かるようになったご飯が食べたい。もちろん、一番の願いはアディーンに会いたいということ。会って、神樹のためにできることを話し合いたい。

たぶんまた「駄目だ、無理だ。許さない」と反対されるとは思うけど、アディーンはきっと最後には分かってくれる。――いざとなったらお姉さんも援護するって約束してくれたし。

「さようなら。近いうちにまた離宮で会合しましょう」

手をふる女王とその伴侶に見送られて、悠は転移の座に乗った。

アディーンに対する無条件の信頼と、神樹の危機を救う手立てを見つけたことで久しぶりに心が軽くなるのを感じながら。手をふり返して常陽の国に別れを告げた。


「で、……ここは、どこ？」

悠は途方に暮れながらあたりをみまわした。

予定では出かけたときと同じ場所、境界線上にある離宮に着くはずだったのに。それが今、目の前に広がっているのは新緑が芽吹きはじめた夜の森。梟《ふくろう》が鳴き、茂みを揺らす小動物たちの鳴き声が聞こえる。鼻腔をくすぐるのは芳しい早春の香りと、夜露に濡れた花と緑と土の匂い。

「お姉さん、転移の座の設定を間違えたのかな？」

わりと大雑把というか豪放磊落《ごうほうらいらく》な性格に見えたから、うっかりミスも考えられる。

いや…、やはり何らかの異変が常陽の国にも及びつつあるのだろう。そちらの可能性の方が高い。

隣国の心配をしつつ、悠は皓々と降りそそぐ月明かりを頼りに、梢の薄い場所を探して歩き、小さな空き地を見つけて空を見上げた。この一年猛勉強をしてきたおかげで、月と星の位置を見れば自分が国土のどのあたりにいるかは見当がつくようになった。……大半は机上の知識だけど。

「ええと、アルコーンとナハーシュがあそこにあって、一角獣座と竜王座が互いに向かい合って花輪を獲り合っているわけだから——。うん、大丈夫。王宮からそんなには離れてない」

そもそも季節が《春》の領土なので、最悪でも半月ほどひたすら歩き続ければ王宮に着くはず。邑か街で馬を借りられればもっと早い。自分の顔は精緻な似顔絵が出まわったこともあり、この二年で国内にあまねく知れ渡っている。服装も略式とはいえ大神官を示す紋章が刺繡されたものだから、人が住む場所さえ見つければ、王宮に無事を知らせることは簡単だ。

「アディーン、きっと心配してるだろうな…。お姉さんと喧嘩にならなきゃいいけど」

悠は姉弟の関係も心配しながら、王宮がある方角を確認して歩きはじめた。

森の中なのでなかなか距離は進まない。岩や木の根、倒木に足をひっかけないよう注意しながらどれくらい歩いただろう。体感では二時間くらいか。頭上を仰ぎ見ても、木の葉が茂って空が見えない。上空で風が吹いたのか、ざわりと梢が揺れて夜鳴き鳥の叫び声が響きわたる。

春とはいえ少し肌寒い。悠は寒気を感じて襟をかき合わせようとした。その指先に首筋が触れる。そこを棲処にしているナーガは常陽の国へは連れて行けなかったので、アディーンに預かってもらっている。

「ナーガも寂しがってるだろうな。アディーンの首じゃ気に入らなかったみたいだし」

つい独り言が多くなるのは雲と梢で月が隠れてしまい、闇が濃くなってきて少し怖いからだ。

悠は立ち止まり、不測の事態に備えてアディーンが持たせてくれた小さな携帯袋を腰帯から外してみた。中身はいわゆる救急キットのようなもので、人差し指ほどの小さなナイフに、痛み止め、熱冷ましといった薬類、折りたたみ式の小さな角灯《ランタン》——中には石螢でなく蠟燭《ろうそく》が入っている。さっそく明かりを点《つ》けて袋の底を探ってみた。

「これってなんだろ？」

直径三センチほどの透かし細工でできたボールの中に何か入っている。留め金を外して中身を出してみると、一緒に説明書も出てきた。どうやら救命灯のようだ。指示に従い、中に入っていた繭を割ると、小さな羽虫が淡い光を発しながらゆっくり空へ昇ってゆく。高く上がるにつれて光が強くなり、梢を縫って樹冠の上に出ると、まばゆいばかりの閃光を放ちながら、さらに高度を上げてゆく。

「すごい…。あれで僕の居場所がアディーンに伝わるってわけか」

それならこれ以上動かない方がいいかもしれない。悠は近くの木の枝に角灯《ランタン》を吊して、遠くからでも明かりが見えるようにしてから、下草が密集して座り心地がよさそうな地面に腰を下ろした。

——どうせなら、もう少し見通しのいい場所で使えばよかった。

自分で思うより動揺していたのかもしれない。何しろこちらに来てから、こんなふうにひとりぼっちで知らない場所に放り出されたのは初めてだから。

上空で閃光を放っていた救命灯が少しずつ光を弱めてゆき、しばらくすると完全に消えた。残るは小さな角灯《ランタン》の光だけ。蝋燭が残っているうちに、薪を集めて焚き火の用意をしておいた方がいいと気づいて起ち上がり、明かりの届く範囲で燃えそうな枝や枯れ草を探しはじめた。

「大丈夫。アディーンがすぐに見つけてくれる」

今ごろ護衛の神官たちを引き連れて、馬を走らせているはず。薪は一山溜まった。

「大丈夫。なんにも怖いことなんてない」

薪は二山溜まり、三山目に入っている。子どもの悲鳴のような鳴き声は花食《はなぐ》い狸《たぬき》。茂みをがさがさ揺らしているのは、餌を探している星熊《ほしぐま》の仲間。頭上の梢が鳴るのは風のせいで、地面に落ちた小枝を踏みしめて近づいてくるのは…——。

「誰…ッ!?」

足音が聞こえてくる方に顔を向けて起《た》ち上がり、悠は大きな声で誰何《すいか》した。

「誰なの!?」

視線を逸らさないようじっと前を見すえながら薪を手放し、腕を伸ばして枝に吊した角灯を探る。

掛け鉤《かぎ》に指が届く前に前方の茂みが大きく揺れて、闘神官の制服を身にまとった男が現れた。

「…っ」

つめていた息を吐き出しながら、安堵のあまり肩が震える。

「び…っくりしたぁ」

近づいてくる闘神官の顔に見覚えはないけれど、もともと闘神官全員の顔を覚えているわけじゃないから当たり前だ。それでも王宮警護の闘神官と護神官の顔はだいたい知っているし、アディーンが自分につけてくれた護衛の神官たちは顔だけでなく名前や性格、家族構成まで把握している。

「アディーンの放った先遣隊《せんけんたい》の方ですか？　僕は大丈夫ですから、アディーンに知らせてください」

神官たちには独特の雰囲気があり、たとえ制服を着ていなくてもだいたい見分けがつく。

手が届くまであと数歩の距離まで近づいてきた見知らぬ闘神官からは、その独特の気配がしない。

そして大神官長から話しかけられたのに、答えようとしない。

「…！」

危険を感じて悠が一歩後退ると、相手が無言で二歩近づいてくる。

同時に背後の枝から外し損ねた角灯の明かりが、激しく揺れて突然消えた。

すぐ目の前に男の気配が迫る。考えるより早く、悠は転がる勢いで飛び退《の》いていた。

一瞬前まで自分が居た虚空を鷲爪のように指を丸めた大きな手が引き裂いてゆく。

男の喉から、人間のものとは思えない低く不気味なうなり声が聞こえてくる。目と口があるはずの場所は底のない虚ろな穴のように真っ黒で、男の動きに合わせて煤《すす》みたいな黒い煙が噴き出している。

悠はそれ以上男の姿を見ることなく逃げ出した。

捕まるわけにはいかない。ふり返る余裕もない。

一秒も無駄にせず逃げなければ。もっと速く、速く…！　速く走りたいのに恐怖で足がもつれて、まるで泥の中を逃げている悪夢のようだ。焦りのせいですぐに呼吸が荒くなる。激しい息づかいが自分のものなのか、背後から迫りくる追っ手のものなのか区別がつかない。それが余計に恐怖を煽る。

助けてと叫びたいのに声が出ない。悲鳴を上げたいのに、喉は恐怖で干《ひ》涸《か》らびて喘鳴《ぜいめい》しか出ない。

――怖い、怖い…、怖い…ッ！

捕まったら最後だ。待っているのは身の毛もよだつような地獄。

自分はそれを嫌というほど知っている。

前にもこんなふうに、怖いモノに追いかけられたことがある。

――いつ？　いったいいつ、そんな目に遭った？

こちらに来る前、小金井《こがねい》公園で『外来種』に襲われかけたあれ？　ちがう、それじゃない。

そんなのじゃない。もっと昔。昔のことだ。

怖ろしくて苦しくて辛くて、あまりにも悲しいから全部忘れた。

やめろ！　思い出すな。

――アディーン、助けて…！

まるで自分の中で複数の人間が叫び合っているようだ。混乱しかけた悠の襟首を、背後に迫った男の指先がかすめてゆく。悠は怖気のあまり全身に鳥肌が立つのを感じながら、必死に逃げ続けた。

夜の森を。闇の中を。甦りつつある、おぞましい過去の記憶に向かうように…――。

恐怖のあまり視界が狭まり、自分が目を開けているのか閉じているのかも分からない。

「……ッあ！」

突然、右足に強い衝撃が走って悠の身体は虚空に投げ出された。次の瞬間肩から地面に倒れ込む。

「い…痛《つ》…ッ」

喘いで身を起こそうとした背中に何かがのしかかる。再び地面に押しつけられて、生臭い息が頬に当たった。激しい息使いと獣のようなうなり声が檻のように自分を取り巻く。

「――……ゃ…やめ……ッ!!」

かすれた喉から、はじめて悲鳴が迸《ほとばし》る。

細く頼りないその声を他人事のように感じながら、悠は意識を手放した。

恐怖に負けて逃げ出した先は、過去の亡霊が待ちかまえる記憶の中。

そこでも悠は、怖ろしい何かに追われて必死に逃げていた。けれど今度は当事者としてではなく、傍観者として斜め上空から眺めている。まるで、結末を知っている映画を見るように。

月のない夜空の下。鬱蒼と木々が茂った暗い森の中を、神官服の白い裳裾をなびかせた青年がよろめくように走り続けている。

――あれは、前々世の僕。外見は二十代後半の青年に見えるけど、歳はすでに三百を超えている。

それでも、寿命まであと二、三十年は残ってるはずだった。

後ろから追いかけているのは『侵襲者』に憑依《ひょうい》された邑人。背が高く筋骨隆々とした力自慢の男だ。

子どものころから闘神官に憧れて、素質を認められることを切望していたのに願いは叶わなかった。

破れた夢の残骸は彼の心に傷をつけたが、そんな子どもは過去にも大勢いた。皆、その傷を抱えながら新しい夢を見つけて幸せをつかんでゆく。そうやって世界はつつがなく保たれてきた。

男の不幸――延《ひ》いては悠の不幸――は、たまたま邑の近くに綻びが発生したことに尽きる。そこからやってきた『侵襲者』が男の心に刻まれた傷に乗じて憑依した。その『侵襲者』は精神に寄生する類で、少しずつ本人の意思を食いつぶして肉体を乗っ取ると、理性を失って欲望だけが暴走しはじめた宿主を使って、自らの捕食欲求を満たしていった。

それの餌《い》は人の恐怖、憎悪、妬みといった強い負の感情。そして近隣の住人にとって運の悪いことに、宿主は頭がよかった。

『侵襲者』に乗っ取られた男は慎重に獲物を狙い、秘かに捕らえてその味を堪能するようになる。肉体を傷つけすぎるとすぐに死んでしまい、餌である強い感情が味わえなくなるのだと学習すると、なるべく長く生かしながら獲物の恐怖や悲嘆を引き出す方法を編み出していった。

前々世の悠がその男の標的になったのは、いくつかの不幸な偶然が重なったからだ。

亀裂の影響で弱った土地に、祝福を与えて欲しいと招請された。ちょうどその時、今となっては思い出せないほどささいなことで、アディーンと口喧嘩して別行動をとってしまった。

そこで悠は、幼い子どもを使っておびき出されたのだ。

助けを求めて近づいてきた男の様子がおかしいことに、気づいたときには手遅れ。

体力的に優る男は逃げる獲物をいたぶるように追いまわし、その恐怖と悔恨を前菜のように味わってから、あっさり捕らえて巣に持ち帰った。『王と共に歩む者』の苦痛や悲嘆はありえないほど極上の味わいだったらしく、男は餌が長持ちするよう細心の注意を払いながら食餌を楽しんだ。

肉体をなるべく傷つけないように、負の感情だけ引き出す方法はいろいろある。

斜め上空からその様子を傍観していた悠は、ビデオを早送りするように場面を進めた。詳細な追体験などする必要はない。それまで写実だった画面がデフォルメされた落書きのような表現に変わり、起きたことだけが淡々と他人事のように、知識として思い出されてゆく。

男の餌として監禁されていたのは十日ほど。十一日目には、国中をしらみつぶしに探していたアディーンと捜索隊によって発見され、救出された。

肉体的にはそれほど傷ついていない。ただし精神的な消耗がひどく、心に負った傷は深かった。

その傷はアディーンの深い愛情と親身な看護を受けても癒えることがなく、寿命としては晩年になっていた前々世の悠は、事件のショックから立ち直ることができずに体調を崩し、一年後、救出されてから一度も起き上がれないまま静かに息を引き取った。

アディーンは最後まで側にいてくれた。手をしっかりにぎりしめ、永遠の愛をささやきながら、

『すぐにまた見つける。必ず見つける。そして今度こそ、絶対に守る』

そう誓ってくれた。――それなのに。

肉体的にも精神的にも疲れ果て、弱り切っていた前々世の悠が最期の瞬間に強く願ったのは、『もう一度生まれ変わってアディーンに会いたい』ではなく、『すべてを忘れたい』という刹那的《せつなてき》なものだった。それくらい、あの男にいたぶられた十日間が辛かったともいえる。

死に際の強い願いは魂に刻印されたのだろう。生まれ変わった次の悠は完全に記憶を失っていた。辛い事件の記憶だけでなく、愛した人のことも、ふたりで育んだ関係も。己の義務と責任も。

必死に伴侶を探すアディーンの目に留まらぬまま、すべてを忘れ、ひとりの邑人として平凡な一生を終えた。そして魂に戻り、次の肉体となる胎児に宿っていくらも経たないうちに、亀裂に巻き込まれてあちらの世界——日本に流された。狭間の海に流された段階で母子の身体は形を喪い、日本に着くと母体は『外来種』と呼ばれるものに変容し、胎児は形が保てず霧散した。魂だけの存在となって馴染みのない世界に放り出された悠は、なんとか妊娠したばかりの女性を見つけて胎内に宿った。その女性が羽室の母だ。悠は羽室家のひとり息子として生まれ、十六年間育ててもらった。

そしてアディーンに出会い、外れていた運命の歯車が再び嚙み合ってまわりはじめたのだ。


『全部、終わったことだよね。むかしむかしの物語…ってやつ』

気がつくと目の前に鏡が現れ、そこに映った悠が小さく肩をすくめてぼやいている。

『死ぬ瞬間の願いって、注意しないといけないね。まさかアディーンのことまで忘れてしまうなんて思わなかった』

でももう大丈夫だと、鏡の中の悠が笑みを浮かべる。それともこれは自分の考えだろうか。

『もう終わったことだから、思い出しても傷ついたりしない。だから大丈夫。目を覚まして』

暗示のような言葉は小さな花になって悠の胸に吸い込まれてゆく。

それは過去から届いた祝福だったのかもしれない。

お返しに、悠も昔の自分に向かって祈りを捧げた。

――どうか傷が癒えて平安が訪れますように。アディーンと再び共に歩いていけますように…。

想いは花になって過去と現在を彩り、星のように輝いて世界を見守りはじめる。

それはいつまでも眺めていたくなる、あまりにも美しく心地良い情景だった。

けれど悠は帰らなければいけない。帰ってアディーンに伝えなければ…。

『もう大丈夫。ほら、彼が呼んでる』

鏡に映った自分の姿が、いつの間にか銀色の髪をなびかせた青年に変わっている。深紫色の瞳をなごませた彼が指さした場所から、アディーンの声が聞こえてくる。

――…るか！　悠…！

必死に自分の名を呼ぶその声に向かって、悠はポンと身を踊らせた。


「目を覚ましてくれ…！」

願いに応えてぽかりと目を開けると、唇接けせんばかりの距離でアディーンが叫んでいる。その瞳がいつもより艶を増して見えるのは、あふれ出る涙のせいだ。自分の落ち度でまたしても悠を喪うかもしれないという、恐怖と悔恨と悲哀の涙。……彼は何も悪くないのに。

――今なら分かる。アディーンがどうしてあれほど僕の身辺警護に神経を使っていたか。僕をひとりにしないよう心配し、細心の注意を払ってくれていたか。それなのに僕は、彼が頑固で意地悪だと詰《なじ》り、アディーンがいなくても平気だなんて、ひどいことを言った。全然平気なんかじゃなかったくせに。

だから、まだうまく力の入らない腕を懸命に伸ばして首筋にすがりつきながら、最初に口を突いて出たのは謝罪の言葉。

死ぬほど心配させてごめんなさい。全部忘れてしまってごめんなさい。

「ごめん…なさい、ア…ディ…」

「悠…！」

アディーンの答は息も止まるほどの強い抱擁。無事でよかったと、噛みしめるようにささやいた彼の想いの深さを、悠は全身で受け止めて静かに目を閉じた。

そして次に目を開けると、そこはすでに王宮の寝所で、悠が森で不審者に追いかけられた日から丸一日が過ぎていた。たぶん、三百年と百年弱、ふたつの人生分の記憶がいっぺんに押し寄せてきて、それを今の身体が受け入れるために、長い眠りを必要としたのだろう。

意識が戻って最初に聞こえてきたのは、首元から響く「きゅるる…るるるっ」という鳴き声。ナーガの歌声だ。瞬きをしながら手を伸ばして触ってみると、いつもはゆるく一巻きなのに、今は心配させたせいなのか、しっかり三回も巻きついている。

「こら、そんなにしがみついていたら悠が苦しがるだろう」

横から窘めるような声が近づいてきたかと思うと、首筋にひんやりとした指先がかすかに触れて、ぴたりと巻きついていた胴長鼠をべりっと引き剝がしてしまう。

「ぎゅるるるっ！」

可愛い抗議の声など歯牙にもかけず、アディーンはナーガを針金草でできた美しい籠に放り込み、しっかり蓋をしてしまう。

「おまえはここで大人しくしてなさい」

ナーガは「きゅる、ぎゅるっ」と悠を呼んでいたけれど、籠の中にどっさり用意された果物と木の実、それに居心地のいいクッションに気をよくしたらしい。しばらくすると静かになった。

アディーンは改めて寝台に腰を下ろし、身を起こそうとした悠を助けて抱きしめた。

「気分は？」

「…悪くないよ。まだ少し、眠いけど」

「どこか具合が悪いとか、痛むところは？」

「大丈夫。打ち身が少し疼《うず》くくらいで、他はどこも問題ない」

「よかった」

「アディーンは？」

「私？　私はどこも悪くない」

「心配をかけたから」

「そうだな。今度こそ、本当に心臓が石になるかと思った」

「……怖いことを言わないで」

悠は温かい鼓動が聞こえるアディーンの胸に頬を寄せ、彼の手を持ち上げて自分の胸に重ねた。

しばらくそうしていてもアディーンからは何も言い出さないので、覚悟を決めて口を開く。

「僕、思い出したんだ。昔のこと…全部」

「――…」

アディーンは無言で悠の肩を抱く腕に力を込めた。それで、彼がもう知っていたのだと分かる。

「いつから気づいてた？」

「あの森で、君が一度目を覚ましたとき。私の名をこちらの言葉で、正確に発音したから」

そうなのか。自分じゃまるで覚えていないけれど。

わずかに視線を落とすと、それまで胸の上でじっとしていたアディーンの手が、そろりと動いて襟元にもぐり込んでくる。

「アディーン…」

「嫌か？」

手の動きをぴたりと止めて心配そうな声で確認されると、痛苦しいほどの愛しさがこみ上げてきた。

「ううん。でもその前に、いろいろ話すことが」

「話す時間ならさっき取っただろう」

「そうじゃなくて、神樹のこととか」

「あとでゆっくり聞く」

アディーンは再び悠の胸元をまさぐりながら顔を埋めかけ、ハタと気づいたように視線を上げた。

「もしかして、一刻を争うような内容か？」

ここで「うん」と答えれば、アディーンは国王の顔を取り戻して話を聞いただろう。

悠は一瞬迷ってから、彼と愛を交わす数時間くらいなら、報告が遅れても神樹はきっと許してくれるだろう。そう思い直して、「ううん」と首を横にふった。

「その代わり、あとで絶対話を聞いて」

「ああ」

「反対しないって約束してくれる？」

「内容による」

「もう！」

悠は憤慨したふりをしたけれど、もちろん本気ではない。一度唇をとがらせたあと、すぐに笑みを浮かべてアディーンの広い背中を抱きしめた。

そのまま寝台に押し倒されて、服の前をゆっくり開かれる。

露《あら》わになった胸にアディーンの唇が触れ、左の乳首を唇で覆われて、思わず声と吐息が洩れた。

「あ…」

反射的に腰を引こうとしたけれど、背中は寝台に押しつけられていて逃げられない。身をひねって逃がれようとしたら、逆にアディーンの唇に胸を押しつける形になって刺激が強くなる。

「や…ぁ……っ」

アディーンは悠の胸に隙間なく唇を押しつけて、強く吸い上げながら舌先で乳首を何度も突きまわした。普段はそこにあることすら忘れている小さな突起が、きゅっと収縮して硬くなるのが分かる。そうなるとアディーンが舌を蠢《うごめ》かすたびに抵抗を感じて、ささいな動きでも鮮明に感じてしまう。

「あ…う…っん、…ぅ…んっ」

強すぎる刺激を止めたくてアディーンの肩にすがりついたら、なおさら強く吸い上げられた。

ヒクンと自分の腰が揺れ、うねるような動きをしてしまう。アディーンは左の乳首を口に含んだまま、右の突起を左手でつまみ、指先で弾《はじ》くように何度も擦り続けた。

互いの身体がふたつの波のように、ゆっくりとうねりながら体温を上げてゆく。アディーンの舌使いは驚くほど巧みで、いつもの王者然とした禁欲的な姿からは想像もできないほど情熱に満ちている。

「も…や、どうし…て、左側…ばっかり…」

泣き言めいたうめき声を洩らしたとたん、アディーンがようやく胸から唇を離して顔を上げた。

「悠の、鼓動が聞こえるからだ」

生きている証《あかし》を確かめるように、胸にひたりと頬を寄せながらささやかれ、悠はたまらない気持ちになった。アディーンがどれほど自分を大切に想っているか、知っていると思っていたけれど、全然分かっていなかった。自分が考えているより、ずっとずっと想われていたのに…。

「心配かけて、ごめんなさい……」

今も、昔も。

悠が行方不明になったと知ったときアディーンがどれほど心を痛め、狂うほど心配したのか。よみがえった前々世の記憶と相まって痛いほど伝わってくる。過去に受けた暴力の記憶より、アディーンが感じただろう焦燥と悔恨の痛みの方が、よほど辛いと感じてしまう。

――自分の痛みより、大切な相手が傷つく方が辛い。僕が今、アディーンを想って胸が痛むように、アディーンも僕を心配して、どれだけ悲しみ苦しんだんだろう。

「…だから、あんなに…反対したんだ。なのに、分からなくて…ごめんなさい…ごめ…、あ…ん」

改めて謝罪をくり返す唇を、唇でふさがれた。そのまま背中にまわされた腕で強く抱き寄せられながら、深く舌を探られ、口蓋や頬の内側まで舐められて腰が震える。身体の中心からしびれるように力が抜けてゆく。それなのに悠自身は熱く身を起こし、ぴたりと重なったアディーンの腹部に濡れた先端を押しつける形になってしまった。このままではアディーンの服を汚してしまう。

そう思った瞬間、恥ずかしくて頬が熱くなる。粗相《そそう》を怖れて腰を引こうとして、わずかにすき間ができた瞬間、まるで狙ったようにアディーンの手のひらに覆われてしまった。そのまま前をにぎられて、下腹から迫り上がった震えが唇をついて出る。

「んっ…、ぅ…んぅ…あっ…」

ふだんは少しひんやりしているアディーンの手のひらが、今は火のように熱く感じる。それともこれは自分の熱が移ったせいだろうか。巧みに動く男の手のひらで前を扱《しご》かれ、仰け反った首筋にキスされた。アディーンの唇はそのまま耳のつけ根に移動して、最後に耳たぶを軽く食《は》まれて、自分でもどうしてと思うほど全身が震えた。

「悠はここが弱い」

肌に直接、愛おしげにささやかれる。

「…もう、決して独りにはしない。悠がどんなに怒っても、泣いても、絶対に独りでどこかへ出かけさせたりしない」

「うん…」

「いつも私が側にいる。絶対に離さない」

「うん」

声に含まれたアディーンの本気をひしひしと感じながら、両手で首筋にしがみついた。

アディーンは素直な返事に安心したのか、右手で悠の前を扱きながら左手で後ろを解しはじめる。もう何度も彼を受け入れているそこは、香油の力を借りてすぐにやわらかくなり、アディーンを迎え入れた。先端が狭い場所を少し強引に通り過ぎると、あとは勢いよく奥まで進んでゆく。

「——…ん……くっ…」

身体の内側いっぱいにアディーンの熱と体積を感じて、苦しいのに嬉しい。愛しさがこみ上げて背中にしがみついた両手に力が籠もる。両脚を大きく広げて、アディーンを受け入れる姿勢は苦しいけれど、アディーンのすべてを受け止められるような気がして嫌じゃない。目を開ければ、自分を宝物のように見つめるアディーンの表情が見えるのも気に入っている。

「大好き…、アディーン」

それが合図になったかのように、アディーンが動きはじめた。

「あ……っ、あぅ…っ、う…あぁ……ッ」

最初はゆるやかに。やがて突き上げるような激しい抽挿がくり返される。

うっすらとまぶたを開けると、大理石の彫刻みたいに整ったきれいな眉間を寄せて、少し苦し気に目を細めたアディーンの顔が見える。長く艶やかな黒髪が夜の帳《とばり》のようにこぼれ落ちて、悠を突き上げる動きのたびに軽やかに揺れ、先端が悠の頬や胸をくすぐる。

互いの忙《せわ》しない息づかいが重なって、ひとつの生き物の吐息のように聞こえる頃。

「あ、アディーン…！　あッ…ん、んぅ…っ」

伝えたいことがあるのに、抽挿が激しくなって口を開くとあられもない喘ぎ声になってしまう。

それすら愛おしそうに見つめられ、抱きしめられ、深く唇接けられながら、やがてアディーンの極まりを身体の奥深くで受け止めた。その刺激で、悠自身もアディーンの手の中に吐精する。

そのまま互いに身体が溶け合って、ひとつになって、自他の区別がつかない至福の中で悠は眠りに落ちた。

夢の中でもアディーンはすぐ側にいてくれた。そして悠も、ようやく還り着いた自分の居場所に心から安堵して、愛する人に微笑みかけたのだった。

viii　エピローグ

「弱って枯れはじめている神樹に必要なのは、こちらの世界には無い――もしくは喪われてしまった黄金《きん》という鉱物です。幸い、僕はこの鉱物がどこにあるのか知っています。それは僕が生まれた世界です。黄金を手に入れる手段は、僕が生まれたあの世界との定期的な交易しかありません」

悠がそう提案した最初の日、アディーンはずっと難しい顔をして考え込んでいた。もちろん返事は保留にしたまま。

「当然、解決しなければならない問題は山ほどあります。狭間の海を安全に行き来する方法。綻びや亀裂ではなく安定した『門《ゲート》』の構築。あちら側からの不当な侵略を阻む防衛力。互いに結ぶ不可侵条約についての話し合い。黄金を輸入する代わりに、あちらに渡す品物の吟味。アディーンも知っているように、僕が生まれた世界は常に争いが絶えない危険で不安定な場所。だから充分に注意しなければいけない。でも、神樹を救う方法は他にないんです」

二日目にもう一度説得されても、アディーンはまだ答を出さない。

「神樹が完全に枯れてしまうまであと百年くらいは保つでしょう。でも『門《ゲート》』の構築や狭間の海を安全に行き来する方法を確立するためには時間がかかる。陛下には一日も早いご決断を望みます」

三日目。そうしめくくった悠の顔と態度は、すっかり様になっている。

記憶が戻って転移の座も使えるようになり、大神官長としての務めを完璧にこなせるようになったことは喜ばしいが、同時に心配でもあった。辛い出来事まで思い出し、気持ちがふさいでまた病気になるのでは…と。けれどそれは杞憂にすぎなかった。蓄積された膨大な知識と、異世界で育ったことで身に着けた新しい視点、そして考え方を兼ね備えた悠は、以前とは違う強さを手に入れたようだ。

以前はアディーンと愛を交わすとき以外、どこでも首に巻きつけて甘やかしていた胴長鼠の子どもも、大切な話し合いのときは外してくるようになった。

「自信がついて魅力が増したな」

「なんの話です？」

空は六つの月で彩られ、窓から射し込む月明かりで王と伴侶のための居室は眩しいほど明るい。

アディーンは窓辺に置かれた長椅子に腰を下ろし、片膝を立てて背もたれに腕を置くという、少々行儀が悪い格好で悠をちらりと流し見た。

「君のその完璧で丁寧な言葉使い。とても懐かしいが、同時に少し寂しくもある」

「アディーン…」

「冗談だ。どんな言葉使いでも、悠らしさは少しも変わらない」

話題を逸らされたと思い込んだ悠が、小さく肩をすくめて天井を仰ぐ。それでも手招きすると素直に近づいてきて長椅子に座り、答をうながすように小首を傾げてアディーンを見つめた。

身動いだ拍子に、長くなった髪が肩からさらりとこぼれ落ちる。それをひと房手にとって唇接けながら、アディーンはついに答を口にした。

「君の提案を受け入れよう」

†

それから数年間は試行錯誤の連続だった。何もかもが初めての試みで、苦労が多く、失敗もまた多かった。それでも、アディーンも悠も廷臣たちも神官たちも、そしてすべての民たちも、誰ひとりとしてあきらめることなく、異世界との安全な国交実現を目指して努力し続けた。

結果はもうすぐ出る。

今、王と大神官長の目の前には、ひとつひとつに護法が宿る精緻な彫刻が無数に施された大きな扉が、静かに開くのを待っている。

「行こうか」

アディーンが差し出した手を、悠はしっかりとにぎり返す。

そして互いに微笑みを交わし合い、それからふたり同時に一歩を踏み出した。

かつて困難を味わった世界と、新たな関係を築くために。

あとがき

こんにちは。前作の後書きに続いて今回もまた、全方位に向けての謝罪から始めなければならない、学習能力なしの六青《ろくせい》みつみです。担当さんをはじめ、挿絵を描いていただいたホームラン・拳《けん》先生、編集部の皆さま、ご迷惑をおかけして本当に申し訳ありませんでした。次こそは…、次こそは！　いろいろ前倒しでできるようがんばりたいです。

年末に新たなる決意表明をしたところで、次は本作について。

今回は丸々書き下ろしではなく、一本目は以前『小説リンクス』に掲載されたものになります。データを見てみたら日付は二〇〇六年になってました。もう六年も前になるのですね。月日の経つのは早いものです。そして二本目は書き下ろし。前半と比べて意図的に明るいほのぼのトーンを目指してみました。

一本目がわりとシリアスで、ダークというかサスペンスというか真面目な内容だったので、書き下ろしは少しポップな感じで書きたいなぁと思って相談したところ、担当さんも『明るくてほのぼのでもいいと思います！』と太鼓判を押してくださいました。

ということで、新たな境地に挑む気持ちでいそいそと「甘くてほのぼの」目指して書き始めてみたものの、やっぱりなんだかモノ足りない…。そういえばアディーンが伴侶を見失った経緯が何かいろいろあったっけ。そこんとこ深く掘り下げてみようか。などと試行錯誤をくり返しているうちに、悠の過去はあんなことになってしまいました。すみません。それ以外はわりとほのぼのになっていると思うのですが、いかがでしたでしょうか。

ほのぼのといえば今回、個人的萌えキャラは胴長鼠のナーガちゃん（あえてちゃん付け）。皆さん『スキンク』という言葉を知っていますか？（白黒でおならが臭いあの子じゃありません）私も今年になって初めて知った俄《にわか》なんですが、『スキンク』というのはトカゲの種類を表す言葉だそうです。あ、一応、爬虫類注意ということで、蛇とかトカゲに耐性がない方はいきなり検索しない方がいいです。耐性のある方、むしろ好き～♥な方はぜひ画像検索をどうぞ。もう本当っに可愛くて悶絶します。サンショウウオとかハゼが好きな人も、共感してもらえる気がします。共通点は身体に比べてちっこい手！　足！　なんだその細くて小さい手足は！　そんなので歩けるのか!?　……うぁああ、歩いてる！　身体支《ささ》えてるよ！　しかもなんか摑んでる～！　って感じで興奮します。ハァハァ。という萌えがつまったナーガちゃん。作者の好みで温度が低いと毛皮装備、襟巻きにもなるハイスペックになっております。触り心地はビロードです。ふかふか。

――ええと皆さんついて来てますか？　大丈夫ですか？　大丈夫そうなら次はトカゲの魅力について語っていいですか？　駄目ですか。じゃあトカゲの仲間というか、蛇の眷属と言われている猫についてならいかがでしょうか。

猫と蛇が親戚という説は、ずいぶん昔に読んだ本（たぶんタニス・リー作品のどれか）に出てきたんですが、初めてそれを目にしたとき、ものすごく納得した覚えがあります。「確かに似てるわ」と。「嘘だ～」とお思いの方は猫の耳を押さえて、シャーフーしている顔を思い浮かべていただけると納得しやすいかと。蛇が敵を威嚇してシャーと牙を剝き出しにする姿と、驚くほど似ていることに気づいていただけるかと思います。と言いつつ、主観の問題なので、似てないというご意見ももちろんありです。特に猫は大好きだけど蛇とか爬虫類はちょっと…と言う方にはごめんなさいの内容でした。すみません。

でも爬虫類って、特に小型のものは基本的に目はつぶらな黒目だし、顔は愛嬌があるし、可愛いですよね。私の部屋がもう少し広くて電源がたくさんあったら、絶対アクアリウムに挑戦したいと思っているんですが、未だに長年の夢と野望で終わってます。代わりに冬は蒲団の中でアンカになってくれるにゃんこ一匹で我慢する日々。

そういえば、前作『誓約の代償』の著者紹介写真に「我が家の黒い三日月」とコメントをつけたんですが、トリミングの関係で腰から後ろが切れて、どこが三日月やねん？　という状態に。腰から後ろが切れてなくても、太ましい腹と身体つきで、やっぱりどこが三日月やねん？　半月の間違いなんじゃないの？　と突っ込まれそうですが。

私は自分で突っ込んでました。

今回は珍しく後書きページが多かったので、いろいろ語らせていただきました（トカゲ類の可愛さについてならあと四ページくらいは語れますが、止めが入りそうなので断念)。

最後に本作についてもう少し。

異世界トリップ(ファンタジー)というのは、大昔から大好きなジャンルで、自分でもいつかべったべたにベタな展開で書きたいなぁと思いつつ、なかなか機会がありませんでした。今回は逆異世界トリップ(あっちからこっちにやって来る)と、正統派異世界トリップの両方が書けて楽しかったです。できれば正統派で一冊丸々、二段組みでみっちりとか書いてみたいですが、その前に今年好評をいただいた例のモフモフシリーズがあるので、そちらを先にガツンといろいろ書いていきたいと思います。よろしくお願いします。


最後の最後になりましたが、雑誌掲載時に続いて挿絵を描いてくださったホームラン・拳先生、本当にありがとうございました。そしてご迷惑をおかけして申し訳ありませんでした…。雑誌のときもそうでしたが、今回も長髪アディーンが格好良くて素敵で、悠は可愛くて、ラフを見るたび萌え萌えしてました。心残りは先生が描くナーガを見てみたかったことですが、これぱっかりは自業自得なので(以下略)。

それではここまで読んでくださった皆さま、ありがとうございました。

また次の本(たぶんモフモフ第三弾)でお目にかかれたら幸いです。

二〇一二年・師走　六青みつみ

初出
闇の王と彼方の恋 ―――― 2006年 小説リンクス10月号を加筆修正
闇の王と彼方の愛 ―――― 書き下ろし

LYNX ROMANCE

誓約《せいやく》の代償《だいしょう》 ～贖罪の絆～

六青みつみ　illust. 葛西リカコ

898円（本体価格855円）

皇帝の嫡孫・ギルレリウスを主とする最高位の聖獣・リュセランは、深い愛情を向けてくれる彼を愛し支えたいと願っているが、生まれつき身体が弱いため思うように動けない自分を歯がゆく思っていた。そんな中、皇帝の四男・ヴァルクートが帰還し、初対面にもかかわらず本当の主が彼だと絆を通じて知る。信じていた絆は偽りだと知ったリュセランは、ギルレリウスを問いただすも、激昂した彼に陵辱され…。代償シリーズ第二弾！

LYNX ROMANCE

忠誠《ちゅうせい》の代償《だいしょう》 ～聖なる絆～

六青みつみ　illust. 葛西リカコ

898円（本体価格855円）

魔獣に脅かされるラグナクルス帝国──唯一魔獣を倒すとされる聖獣と誓約を結び、人々は自らを守るため戦闘を繰り返していた。皇子ヴァルクートは、最高位の聖獣と絆を結ぶ前に、長兄の謀略により辺境に追いやられる。荒くれた警備兵を率いながら監視の仕事に明け暮れていたとき、思いがけず野良聖獣キリハの繭卵を見つけ、呼ばれるように誓約を交わすことになったヴァルクートだったが…。代償シリーズ第一弾！

LYNX ROMANCE

12の月《つき》と、塔《とう》の上《うえ》の約《やく》束《そく》

六青みつみ　illust. 白砂順

898円（本体価格855円）

ある理由から、長年『貴人の塔』に幽閉されているエリオンは、飼っている鳥を介して出会っていた近衛聖騎士・アーガイルに、いつしか恋心を抱くようになっていた。王に願い、月に一度アーガイルと会うことになったエリオンだったが、初日にアーガイルに強引に身体を奪われてしまう。思いやりもない行為と言葉に、彼が何か誤解をしていることを悟ったエリオンは、説明しようとするが…。『光の螺旋』シリーズ第六弾。

LYNX ROMANCE

蠱《こ》蟲《ちゅう》の虜《とりこ》 ―螺旋への回帰―

六青みつみ　illust. 金ひかる

898円（本体価格855円）

苦難を乗り越え、身も心も強い絆で繋がりあったリーンとカイル。リーンの身体に寄生した蠱蟲を取り除くため、どんな願いも叶えてくれるという「白亜の泉」を目指して、二人は源初の大陸に渡る。しかし、リーンは原因不明の体調悪化に苦しみ、さらには蠱蟲による身体の禁断症状のせいで、暴漢に襲われそうになる。カイルによって救いだされるが、目的地に近づくごとに、リーンは弱っていき…。『光の螺旋』シリーズ第五弾。

LYNX ROMANCE

ruin ―緑の日々―

六青みつみ　illust. 金ひかる

898円
（本体価格855円）

親友への報われない恋の辛さ、そして政敵から受けた手酷い暴行により、心身ともに深い傷を負ったカレスは、隻眼の公爵ガルドランに連れられて、森の都ルドワイヤにやってくる。公爵の深い愛情に包まれたカレスは、傷の癒えとともに、自らの中に存在するガルドランへの想いを自覚した。彼の立場を慮り、想いを告げることをためらうカレスだったが、ガルドランに結婚話が持ち上がっていると知らされ…。『光の螺旋』シリーズ第四弾。

LYNX ROMANCE

ruin ―傷―

六青みつみ　illust. 金ひかる

898円
（本体価格855円）

幼い頃に親友のライオネルに救われ、身も心も尽くしていたカレスは、彼に同性の恋人ができたことで、初めて自分の想いに気づく。遅すぎた恋の自覚に苦しみながら、懸命に彼の片腕としてカレスは政務に励んでいた。だがある夜、カレスは酒場で暴漢に絡まれたところを、山賊のような男・ガルドランに助けられる。カレスは酔った勢いで抱かれ、肉体を責められるその行為に奇妙な慰めを見出すが…。『光の螺旋』シリーズ第三弾。

LYNX ROMANCE

蠱《こ》蟲《ちゅう》の虜《とりこ》

六青みつみ　illust. 金ひかる

898円
（本体価格855円）

砂漠に捨てられた奴隷のリーンは死の直前、精悍な容貌のカイルに救われる。カイルの献身的な看病に、暴力しか与えられなかったリーンは、彼への恋心を意識していく。だが体力がなく旅ができないリーンは、村で彼と別れることに。再会を願うリーンだったが、夜盗の襲撃に遭い、慰み者として連れ攫われてしまう。逃亡を試みるリーンに、首領が蠱蟲という恐ろしい異生物を体内に植えつけ…。感動作『光の螺旋』シリーズ第二弾。

LYNX ROMANCE

騎《き》士《し》と誓《ちか》いの花《はな》

六青みつみ　illust. 樋口ゆうり

898円
（本体価格855円）

戦乱と飢饉で衰えていくシャルハン皇国で、過酷な生活をおくる奴隷のリィト。それを救ってくれたのは、端正な容貌の黒衣の騎士・グリファスだった。両親亡き後、ずっと孤独だったリィトは、自分を包みこんでくれるような彼に惹かれていく。幸せな時を過ごしていたある日、リィトはグリファスに、皇子の身代わりを頼まれる。命を救ってくれたグリファスのため、身代わりとなることを決意するが…。『光の螺旋』シリーズ第一弾。

LYNX ROMANCE

散《ち》る花《はな》は影《かげ》に抱《だ》かれて

六青みつみ　illust. 山岸ほくと

898円
（本体価格855円）

忍びたちを束ねる惣領の息子・夏月は、幼い頃に暗殺者から命を狙われたために、隠れ里に住む下忍・忠影の家に預けられる。長い間、兄者と慕う忠影に守られながら育った夏月にとって、彼はかけがえのない存在となっていた。だがある日、生家からの迎えがやってくる。身分が違うために、忠影と引き離された夏月は周囲から監視され、彼と会うことは叶わなかった。しかし、忠影への想いが募った夏月は、家を抜け出すが…。

LYNX ROMANCE

リスペクト・キス

六青みつみ　illust. 樋口ゆうり

898円
（本体価格855円）

高校生の時から同級生の城戸剛志を想い続けている瀬尾洵。臆病で優しすぎる性格の洵は、社会人になったいまも剛志に告白できない毎日を送っていた。そんな折、洵の前に、剛志が昔付き合っていた洵の従兄弟・煌が突然現れる。剛志とまた付き合い始めるのではないかと洵は不安と絶望の中、普段と変わらない態度で剛志に接する。しかし、剛志と煌が付き合い出したと聞き、剛志への想いを断ち切るため、ある決断をするが…。

LYNX ROMANCE

至《し》福《ふく》の庭《にわ》 ～ラブ・アゲイン～

六青みつみ　illust. 樋口ゆうり

898円
（本体価格855円）

カウンセラーである兄の仕事を手伝いながら暮らす鈴木佳人は、過去の事件が元で心に深い傷を抱えていた。ある夏の日の午後、佳人は唯一の安らぎの場である庭で、藤堂大司という男と出会う。男性的な力強さをもつ藤堂に怯えを抱きつつも、魅力的で真摯な態度に惹かれていく佳人。彼と過ごした僅かな間にも、佳人は不思議と離れがたさを感じていた。別れ際、自分に向けられた藤堂の、何かを訴えるような瞳に佳人の心が揺れ動き…。

LYNX ROMANCE

君《きみ》がこころの月《つき》にひかれて

六青みつみ　illust. 佐々木久美子

898円
（本体価格855円）

町人の葉之助は両親を亡くし、陰間茶屋に売られようとしたところを逃げだし、津藩主藤堂和泉守隆継に拾われる。隆継を一途に慕い、下働きから隆継の側小姓にまでなった葉之助だったが、同僚の罠にかかり、藩邸を追い出されてしまう。生きる気力を無くした葉之助が選んだ道は、人知れず死ぬことだった。腹を切り、瀕死の葉之助を救ったのは、幼なじみの吉弥。心に深い傷を負った葉之助は、吉弥と共に人生を歩もうとするが…。

LYNX ROMANCE

夕陽《ゆうひ》と君《きみ》の背中《せなか》

六青みつみ

illust. 山岸ほくと

898円
（本体価格855円）

心が張り裂けそうなほど、同級生の藍田向陽を想い続けている浅倉勇貴。地味な性格の自分とは違い、向陽の明るい性格に惹かれた勇貴だったが、拒絶されることを恐れ、ひたすら恋心を隠していた。しかし、向陽に彼女ができたかもしれないと知った勇貴は、衝撃を受け焦り始める。日に日に自分だけを見て欲しいと、欲求が募る勇貴は、少しでも可能性があればと、文化祭で女装することを思いつくのだが…。

LYNX ROMANCE

楽園《らくえん》の囚《とら》われ人《びと》

六青みつみ

illust. 白砂順

898円
（本体価格855円）

後宮で暮らすキリアは、王の寵愛を失い、臣下である将軍・ファリードに下げ渡されてしまう。自尊心と王への忠誠心を打ち砕かれ、生きる意味を失ったキリアは、ファリードに憎しみを向けることで、自らの心を保とうとする。心も身体もファリードを拒絶していたキリアだったが、彼とともに暮らすうちに、ファリードの優しさと誠実な心に好意を持ち始め…。六青みつみのドラマティック・ファンタジーが登場。

LYNX ROMANCE

遥《はる》山《やま》の恋《こい》

六青みつみ

illust. 白砂順

898円
（本体価格855円）

身体に醜い痣をもつ少年・紫乃は、老犬・シロと狩りの最中に傷ついた戦装束の青年を救う。人と交流を持たず、山で一人、暮らしていた紫乃にとって、誰かが近くにいることが何よりも嬉しかった。夢でうなされ苦しむ青年を、必死に看病する紫乃。しかし、目覚めた青年は、紫乃の顔の痣を見て『化け物』と罵る。青年の残酷な言葉に深く傷ついた紫乃は、それでも献身的につくすのだったが…。

LYNX ROMANCE

暁《あかつき》に濡《ぬ》れる月《つき》 上

和泉桂

illust. 円陣闇丸

898円
（本体価格855円）

戦争で家族と引き裂かれた泰貴は美しい容姿と肉体を武器に生き延び、母の実家・清澗寺家にたどり着く。当主・和貴の息子として育った双子の兄・弘貴と再会した泰貴は、己と正反対に純真無垢な弘貴に激した憎悪を抱く。心とは裏腹に快楽を求める肉体――清澗寺の呪われた血を嫌う一方で、泰貴は兄を陥れて家を手に入れる計画を進めていく。そんな中で家庭教師・藤城の優しさに触れ、泰貴は彼を慕うようになるが…。

LYNX ROMANCE

Zwei《ツヴァイ》

かわい有美子　illust. やまがたさとみ

898円
(本体価格855円)

捜査一課から飛ばされ、さらに内部調査を命じられてやさぐれていた山下は、ある事件で検事となった高校の同級生・須和と再会する。彼は、昔よりも冴えないくすんだ印象になっていた。高校時代に想い合っていた二人は自然と抱き合うようになるが、自らの腕の中でまるで羽化するように綺麗になっていく須和を目の当たりにし、山下は惹かれていく。二人の距離は徐々に縮まっていく中、須和が地方へと異動になることが決まり…。

LYNX ROMANCE

いとしさの結晶《けっしょう》

きたざわ尋子　illust. 青井秋

898円
(本体価格855円)

かつて事故に遭い、記憶を失ってしまった着物デザイナーの志信は、契約先の担当である保科と恋に落ち恋人となる。しかし記憶を失う前はミヤという男のことが好きだったのを思い出した志信は別れようとするが保科は認めず、未だに恋人同士のような関係を続けていた。今では俳優として有名になったミヤを見る度、不機嫌になる保科に呆れ、自分がもう会うこともないと思っていた志信。だが、ある日個展に出席することになり…。

LYNX ROMANCE

ウエディング刑事《デカ》

あすか　illust. 緒田涼歌

898円
(本体価格855円)

真面目でお人好しの新米刑事・水央は、ある日事件の捜査へ向かう。そこで水央が目にしたのは、ウエディングドレスに身を包んだかつての幼馴染み・志宝路維だった。路維も刑事で、水央とパートナーを組むのだという。昔から超絶美形で天才…なのに恋人だった路維に振り回されていた水央は、相変わらずな路維の行動に戸惑うばかり。さらに驚くことに、路維は水央との結婚を狙っていて!? 二人のバージンロードの行方はいかに!

LYNX ROMANCE

変身《へんしん》できない

篠崎一夜　illust. 香坂透

898円
(本体価格855円)

美貌のオカマ・染矢は、ある日、元ヤンキーの本田に女と勘違いされ一目惚れされてしまう。後日デートに誘われた染矢は、いつものように軽くあしらおうとするが、なぜか本田相手にはペースを乱されてしまい上手くいかない。そんな折、実家に帰るため男の姿に戻ったところを本田に見られてしまい…!? 「お金がないっ」シリーズよりサイドストーリーが登場!女王系女装男子・染矢の意外な素顔とは…。

LYNX ROMANCE

RDC－メンバーズオンリー－

水壬楓子　illust. 亜樹良のりかず

898円
(本体価格855円)

RDCのマネージャーである高埜と、オーナーの冬木には知られざる過去があった。高埜は父を亡くしてからは母に何かとあたられ、金が必要になるたび客を斡旋されていた。母に見つからないよう生活費を稼ぐため街で客を捜していた高埜はある日、AVにスカウトされる。しかし、約束に反して無理矢理撮影されそうになり、そのAV会社の社長の冬木に助けられた。その後も何かと面倒を見てくれる冬木に高埜は惹かれてゆくが…。

LYNX ROMANCE

月《つき》神《がみ》の愛《め》でる花《はな》

朝霞月子　illust. 千川夏味

898円
(本体価格855円)

見知らぬ異世界へトリップしてしまった純情な高校生の佐保は、若き皇帝レグレシティスの治めるサークィン皇国の裁縫店でつつましくも懸命に働いていた。あるとき、城におつかいに行った佐保は、暴漢に襲われ意識を失ってしまう。目覚めた佐保は、暴漢であったサラエ国の護衛官たちに、行方不明になった皇帝の嫁候補である「姫」の代わりをしてほしいと懇願される。押し切られた佐保は、皇帝の後宮で姫として暮らすことになり…。

LYNX ROMANCE

マティーニに口《くち》づけを

橘かおる　illust. 麻生海

898円
(本体価格855円)

勤め先の社長である芝浦に弱みを握られ、二年もの間愛人生活を強いられてきた氷崎。今の生活から脱却するため、氷崎は芝浦に陥れられて会社、家、何もかもを奪われた男・大堂に近づく。芝浦を失脚させようと二人は新たに会社を設立し、芝浦の会社を脅かしていく。そんな中、氷崎は大堂の優しさや、おおらかな性格に触れ、徐々に彼に惹かれて行く。しかし、芝浦は氷崎に対して執着を見せ…。

LYNX ROMANCE

硝《がら》子《す》の迷《めい》宮《きゅう》

いとう由貴　illust. 高座朗

898円
(本体価格855円)

弁護士の慎也は交通事故が原因で失明し、弟の直樹に世話をされていた。そんなある日、慎也は自慰をしている姿を直樹に見られてしまう。それ以来直樹は「世話」と称し、淫らな行為をしかけてくるようになった。羞恥と屈辱を覚えつつも、身体は反応してしまう慎也。次第に直樹から向けられる想いが、兄弟以上の感情であることに気づきはじめた慎也は弟の執着から逃れようとするが、直樹はそれを許さず…。

LYNX ROMANCE

愛《いと》しい眠《ねむ》り

清白ミユキ　illust. 高宮東

898円
(本体価格855円)

高校時代、クライマーを目指していた医者の蒼一は、弟の親友・陸に夢を託し、活躍を密かに見守っていた。しかし、登山中に弟が死亡し、陸が重傷を負ってしまう。彼を救いたい一心で、ともに暮らし面倒を見るが、肉体は回復しても、陸の心はズタズタなままだった。毎晩悪夢にうなされる陸を起こしていた蒼一は、ある夜夢うつつの彼に、突然襲われ…。相手への想いに葛藤しながらも、頂上を目指す二人の運命は…。

LYNX ROMANCE

肉《にく》体《たい》の華《はな》

剛しいら　illust. 十月絵子

898円
(本体価格855円)

高柳商事大阪支社長の光己は、英国人の血が混じる端麗な容姿に美しい妻と、誰もが羨む人生を歩んでいる。しかし、会社のために自分を利用する社長の養父や、我が侭な妻に振り回され、光己は鬱屈した日々を重ねていた。ある日、光己は妻の浮気をネタに熾津組の若頭、熾津臣に強請られ、凌辱されてしまう。なぜか執着され執拗に繰り返される行為に光己は理性を徐々に蝕まれていく。だが次第に奇妙な解放感と安らぎを感じ…。

LYNX ROMANCE

花《はな》と夜《や》叉《しゃ》

高原いちか　illust. 御園えりい

898円
(本体価格855円)

平凡な大学生ながら不可抗力によって岐柳組次期組長に据えられた凪斗。常に傍に控えている、恋人で補佐でもある角能に支えられ、戸惑いながらもその重圧に耐えていた。だが代目襲名を控えたある日、敵対組織に襲撃された凪斗を庇い角能が負傷してしまう。いつか自分の為に命を落としてしまうと恐れた凪斗は次第に角能と距離を取るようになる。二人の亀裂は広がるまま、岐柳組は抗争に巻き込まれていき…。

LYNX ROMANCEx

恋《こい》するカフェラテ花冠《はなかんむり》

妃川螢　illust. 霧壬ゆうや

898円
(本体価格855円)

銀色の人狼・月貴と一緒にいたいがために、過酷な検査や学習に耐え、懸命に生きようとしていた同じ人狼の睦月。あるとき、特殊な力を持つ猟獣・朋と闘うことになった睦月は、一方的になぶられ、ひどく傷つけられる。ショックで人に戻ることもできず、廃棄寸前の睦月を救ってくれたのは、憧れの月貴だった。傷口を舐め、癒してくれる月貴から「俺を好きになって」と告げられた睦月は、気持ちを受け入れるが…。

この本を読んでの
ご意見・ご感想を
お寄せ下さい。

〒151-0051
東京都渋谷区千駄ヶ谷4-9-7
(株)幻冬舎コミックス　リンクス編集部
「六青《ろくせい》みつみ先生」係／「ホームラン・拳《けん》先生」係

リンクス ロマンス

闇の王と彼方の恋

2012年12月31日　第1刷発行

著者……………六青《ろくせい》みつみ

発行人…………伊藤嘉彦

発行元…………株式会社　幻冬舎コミックス
〒151-0051　東京都渋谷区千駄ヶ谷4-9-7
TEL 03-5411-6434（編集）

発売元…………株式会社　幻冬舎
〒151-0051　東京都渋谷区千駄ヶ谷4-9-7
TEL 03-5411-6222（営業）
振替00120-8-767643

印刷・製本所…共同印刷株式会社

検印廃止

ISBN978-4-344-82695-3 C0293
Printed in Japan

幻冬舎コミックスホームページ　http://www.gentosha-comics.net